Der Blog des geheimnisvollen

SHERWOOD HOLMES

Gabi Neumayer

Der Blog des geheimnisvollen

SHERWOOD HOLMES

Der Fall der verschwundenen Nashörner

mit Illustrationen von
Alexander von Knorre

KNESEBECK

Inhalt

Der Blog des geheimnisvollen

SHERWOOD HOLMES

1. April, 1:43 Uhr

Sherwood Holmes bricht sein Schweigen

Mein Name ist Holmes, Sherwood Holmes, und ich habe es satt.
Schließlich bin ich der beste Detektiv der Welt! Aber stehen meine genialen Erfolge etwa weltweit auf den Titelseiten der Zeitungen? Kampieren meine Fans Tag und Nacht vor meiner Haustür, nur um einen Blick auf mich zu erhaschen? Werde ich in einem fort für das Fernsehen interviewt, mit Auszeichnungen überschüttet und von der Queen geadelt?
Die erschütternde Wahrheit ist: Abgesehen von einer Handvoll Leuten weiß kein Schwein über mich Bescheid. Nur ein Hamster. Dr. Watson ist der Einzige, dem ich von meinen geheimen Fällen erzähle. Ach, ihr meint, ein Hamster versteht nichts von detektivischer Ermittlungsarbeit? Dann solltet ihr einmal sehen, wie Dr. Watson sich auf die Hinterpfoten stellt und mir applaudiert. Aber nur, wenn er denkt, ich sehe gerade nicht hin. Für einen Hamster ist Dr. Watson nämlich ausgesprochen intelligent. Zu seinem Pech ist er jedoch bei dem einzigen Menschen gelandet, dem er nicht das Wasser reichen kann. Oder auch nur ein Stück Gurke.

Aber genug von neidischen Nagetieren und zurück zu mir: Tag für Tag löse ich die kniffligsten Fälle, mindestens einmal im Monat rette ich ein Land vor dem Untergang, und ungefähr einmal im Jahr halte ich meinen Erzfeind, den (beinahe genialen) Verbrecher Möhren-Arty, davon ab, die Welt ins Chaos zu stürzen. Und was bekomme ich dafür? Außer hin und wieder einen Händedruck vom amerikanischen Präsidenten, einen Präsentkorb vom Papst oder eine diamantbesetzte Statue?

Ja, es hat seinen Preis, wenn man unglaubliche detektivische Großtaten vollbringt: Man muss schweigen können. Weil einem niemand glauben würde, und auch, weil man ganz schnell einen Attentäter vor der Tür stehen hat, wenn man redet. In aller Bescheidenheit: Wenn die Großen dieser Welt nicht so verzweifelt auf meine Dienste angewiesen wären, hätten sie wohl schon längst versucht, mich umzubringen.

Aber die Welt hat ein Recht auf die Wahrheit. Ich kann und will nicht länger schweigen! Darum habe ich mich in mein Refugium zurückgezogen (das ist ein Zufluchtsort – für all jene da draußen, deren Wortschatz zu wünschen übrig lässt), und hier schreibe ich nun diesen Blog. (Ach ja, ein Wort an alle Möchtegern-Attentäter: Ich werde gewisse heikle Details und Namen für mich behalten, solange man mich in Frieden lässt. Sollte mir, Dr. Watson oder Mrs Hudson allerdings etwas zustoßen, liegen sämtliche Fakten am nächsten Tag weltweit bei allen wichtigen Zeitungen auf dem Schreibtisch. Ich denke, wir verstehen uns.)

Beginnen werde ich mit dem Fall der verschwundenen Megafauna. Aber dazu morgen mehr. Zuerst muss ich noch einer entscheidenden Spur in einem neuen kniffligen Fall nachgehen. Außerdem deutet Dr. Watson vorwurfsvoll mit der Pfote auf seinen leeren Futternapf.

15 Leuten gefällt das

ToughGirl
1. April, 10:22
Sherwood Holmes? Was ist das denn für ein Name? Der Mann hieß *Sherlock*! Damit fängt's doch schon an. Und was soll das mit diesem Möhren-Arty?
Aber du erwartest ja wohl sowieso nicht, dass irgendjemand dein wirres Gefasel ernst nimmt, oder? Hey, jetzt kapier ich's: Das soll ein Aprilscherz sein! Ziemlich lahm, aber, na ja. Kann nicht jeder ein begnadeter Komiker sein.

Superfan
1. April, 11:01
@ToughGirl: Denk erst mal nach, bevor du hier rumpöbelst. *Sherwood* ist doch ganz klar eine Anspielung auf den Sherwood Forest, also auf Robin Hood. Und *Möhren-Arty*, das ist natürlich Sherlocks Gegenspieler Moriarty.
@Sherwood: Geiles Pseudonym, Alter! Aber auch ganz schön große Fußstapfen, in die du da trittst. Sherlock Holmes und Robin Hood auf einmal ... Da musst du echt was bieten! Let it rock, man!

Tim
1. April, 13:06
@Sherwood ... Ach, ich nenn dich einfach Woody, okay? Also, Woody, das mit »die Welt hat ein Recht auf die Wahrheit«: Wenn du mal ganz ehrlich zu dir selbst bist, geht es dir doch wohl eher darum, dass einfach mal jemand sagt »gut gemacht«, oder? Ist ja keine Schande, wir alle brauchen Anerkennung. Da kann man doch offen drüber reden. Lass es einfach raus, dann kommst du auch nicht mehr rüber – sorry, Sherwood, ist lieb gemeint – wie ein größenwahnsinniger Kotzbrocken.

Blitzmerker32
1. April, 13:09
Wow, das klingt echt toll mit den geheimen Fällen und so. Bin total gespannt! Ach ja, was ist eigentlich 'ne Megafauna? Irgend so 'n total wertvolles Schmuckstück, oder?

Der Blog des geheimnisvollen

SHERWOOD HOLMES

Der Auftrag

2. April, 2:13 Uhr

Um gleich etwas klarzustellen: Ich schreibe diesen Blog nicht, um mich mit Kommentaren von Menschen zu beschäftigen, die das geistige Niveau von Rosenkohl aufweisen und sich Namen geben, für die sich jeder Zweijährige schämen würde.
Wie Mrs Hudson mir jedoch soeben mitteilt, gehören Kommentare beim Bloggen offenbar dazu. Und ich würde dem Ganzen wohl zu viel Bedeutung beimessen, wenn ich mir die Mühe machte, sie zu löschen.
Ich hoffe allerdings, dass ich hier in Zukunft keine Beiträge mehr lesen muss, die von geradezu beleidigender Dummheit (ToughGirl) oder hobbypsychologischer Geschwätzigkeit strotzen (übrigens, Tim: Nenn mich nie wieder *Woody*!).
Bei offensichtlich echtem Interesse bin ich hingegen bereit, über Gossensprache (Superfan) oder Bildungslücken galaktischen Ausmaßes (Blitzmerker32) hinwegzusehen.
Also, Blitzmerker32: Megafauna hat nicht das Geringste mit Schmuck zu tun. (Im Gegensatz zu meinem neuen Fall, bei dem es um ein unsagbar wertvolles Schmuckstück geht.) Vielmehr bezeichnet dieser Begriff die Gesamtheit der großen Tiere wie Elefanten, Nashörner, Tiger, Büffel etc.

Dass die Megafauna auf unserer Erde bedroht ist, dürfte sich wohl mittlerweile herumgesprochen haben. Dass sie jedoch vor zwei Jahren schon einmal nahezu vollständig von der Erde verschwunden war, wissen nur wenige. Und dass es mir zu verdanken ist, dass ihr alle heute wieder Elefanten in Zoos betrachten und euch von Löwen in freier Wildbahn verspeisen lassen könnt, wissen noch weniger. Aber das wird sich jetzt ja endlich ändern. Nun denn:

Es war ein frostiger Herbstmorgen, acht Uhr einundzwanzig. Wie immer um diese Zeit hatte ich bereits gefrühstückt, die erste Kanne von Mrs Hudsons köstlichem Darjeeling first flush getrunken und die 15 wichtigsten Tageszeitungen – online wie offline – gelesen. Eben wollte ich Dr. Watsons Hamsterstreu wechseln, als es an der Tür klopfte. Ich sah auf meine Armbanduhr.

»Sie sind vier Minuten zu früh. Das kann nur bedeuten«, sagte ich zu Mrs Hudson, die die Tür öffnete und ein Tablett herein brachte, »dass Ihre Uhr falsch geht oder dass wir einen Besucher haben, dessen Anliegen so dringend ist, dass er sich nicht scheut, mich beim Frühstück zu stören. Da ich Ihre Uhr erst gestern gestellt habe, muss es der Besucher sein. – Also, bringen Sie ihn herein.«

Mrs Hudson seufzte und wandte sich um, als auch schon ein hagerer Mann mit hektischen roten Flecken im Gesicht an ihr vorbeistürmte und rief: »Verzeihen Sie die frühe Störung, Mr Holmes, aber ich brauche Ihre Hilfe!« Dann stutzte er. »Sie sind doch Sherwood Holmes, der Meisterdetektiv? Ich meine … Sie sind sehr jung …«, stellte er das Offensichtliche fest.

Ich sah ihn nur schweigend an und deutete auf den Besucherstuhl auf der anderen Seite des Teetischs.

»Entschuldigen Sie, ich wollte nicht …«

Als ich nicht reagierte, zog der Mann verlegen seinen maßgeschneiderten grauen Mantel aus, den Mrs Hudson ihm sogleich abnahm, und setzte sich.

Ohne Zweifel hielt er mich für unhöflich, aber ich habe schon so oft Bemerkungen über mein Alter gehört, dass es mich ermüdet, darauf zu reagieren.

Ich sah zu Dr. Watson hinüber, der von seinem Käfig aus die aufgeschlagene Zeitung musterte, die oben auf dem Zeitungsstapel lag. Dann wandte ich mich dem Mann zu, der verzweifelt die Hände hob.

»Mr Holmes, etwas Furchtbares ist passiert. Überall auf der Welt …«

»… verschwinden Tiere aus den Zoos«, unterbrach ich ihn. »Das ist mir bekannt, Mr Green.«

»Aber wie können Sie … Und woher wissen Sie meinen Namen?!«, rief der Mann erschrocken.

Ich nippte an meinem Tee, bevor ich dem verwirrten Mann antwortete.

»Nun, zunächst einmal tragen Sie ein Abzeichen der ZOWW, *Zoos WeltWeit*, am Revers. In den letzten Wochen wurde immer wieder vom Verschwinden großer Tiere aus den Zoos in aller Welt berichtet. Noch hat niemand von der Presse das Muster dahinter erkannt. Aber ein aufmerksamer Beobachter, der täglich Zeitungen aus England, Deutschland, Indien, den USA, Italien, Frankreich, China, Israel … nun, sagen wir einfach: aus vielen Ländern liest, der bemerkt es unweigerlich. Darüber hinaus tragen Sie einen maßgeschneiderten Mantel von Bersaci, der gut und gerne das Monatsgehalt eines Zoodirektors gekostet hat, daher sind Sie offensichtlich ein hohes Tier in der ZOWW. Und da die Angelegenheit so heikel ist, dass die ZOWW sich der Mitarbeit des weltbesten Detektivs um jeden Preis versichern will, müssen Sie der Direktor der ZOWW sein, Mr Green.«

Mr Green sah zwischen dem Abzeichen an seinem Mantelaufschlag und mir hin und her.

»Mr Holmes, Sie sehen mich sprachlos. Man hat mir nicht zu viel versprochen, als man Sie mir empfohlen hat.«

»Sprachlos ist nur der, der nicht spricht«, tadelte ich ihn für die Ungenauigkeit seiner Wortwahl und stand auf. An der Tür wandte ich mich um.

»Worauf warten Sie, Mr Green? Wir müssen los!«

Mrs Hudson stand bereits mit einer Auswahl an Mänteln und fünf Koffern an der Haustür. Auf der Garderobe lagen etwa zwanzig Reiseführer bereit.

»Indien«, sagte ich. Mrs Hudson hob fragend eine Augenbraue. »Madras«, verbesserte ich mich. Sie reichte mir einen leichten Trenchcoat, den Reiseführer für Südindien und den passenden Koffer und zog selbst einen leichten Mantel über. Dann eilte sie zurück in mein Zimmer, um Dr. Watson zu holen.

»Madras?«, brachte der verblüffte Mr Green heraus.

»Dort sind die letzten Tiere verschwunden, darum werde ich dort mit meinen Nachforschungen beginnen«, sagte ich. »Nun kommen Sie schon!«

27 Leuten gefällt das

Superfan
2. April, 8:15
Ich bin beeindruckt, du hast es offenbar echt drauf, Mann! Aber wer ist diese Mrs Hudson? Deine Perle? Lad doch mal ein Foto von ihr hoch.
Von dir selbst wirst du ja sicher kein Foto hier reinstellen, wo du doch unerkannt bleiben willst. Zufällig zeichne ich aber gern, und ich hab mir einfach mal überlegt, wie du aussehen könntest, und die Zeichnung hochgeladen. Ich finde, das ist ein perfekter jugendlicher Holmes. Wie alt bist du denn? Ich meine, damit ich das auf den Zeichnungen möglichst echt hinkriege.

Tim
2. April, 9:57
@Sherwood: Du, wenn du dich durch meinen Kommentar angegriffen gefühlt hast, dann tut mir das echt leid. Ich sag eben einfach, was ich denke, und das ist ja irgendwie immer das Beste für alle, auch wenn du das jetzt vielleicht noch nicht so siehst. Denk einfach mal in Ruhe drüber nach. @Superfan: »Perle« ist ein wirklich unschönes Wort, wenn es um eine Frau geht, meinst du nicht auch? Dabei gibt es doch so schöne andere Wörter: Freundin, Geliebte, Seelenverwandte …

ToughGirl
3. April, 12:23
@Tim: Quatsch, du Esotante! Offenbar ist Mrs Hudson so was wie ’ne Assistentin von Sherwood. Oder seine Haushälterin oder so. Weniger rumsülzen, Labermutti, und dafür besser aufpassen!

Tim
3. April, 12:34
@ToughGirl: Interessant, dass all deine Schimpfwörter weiblich sind. Nun ja, nicht jeder ist so offen für seine weibliche Seite wie ich. Aber hast du schon einmal darüber nachgedacht, warum du so knallhart wirken willst? Ich meine, dein Nickname spricht ja schon Bände … Ein frühkindliches Trauma vielleicht?

ToughGirl
3. April, 12:41
@Tim: Steck dir dein Trauma sonstwo hin! Laberonkel, Psychoarmleuchter, Rumsülzheini!

Blitzmerker32
4. April, 14:06
Sherwood, gibt es vielleicht in deiner Nähe ’nen Zoo, den du mir empfehlen kannst? Ich würd so gern mein Schulpraktikum in ’nem Zoo machen! Am liebsten bei den Kaninchen, die sind nicht so gefährlich. Und könntest du hier vielleicht irgendwo die ganzen schwierigen Wörter erklären? So wie »Revers« und »Trauma«?

Der Blog des geheimnisvollen

SHERWOOD HOLMES

Eine Spur aus Nichts

3. April, 0:01 Uhr

Solltet ihr ernsthaft erwartet haben, dass ich auf eure unqualifizierten Bemerkungen eingehe, dann macht euch auf eine herbe Enttäuschung gefasst. Andere Blogger mögen den Austausch mit ihren Lesern suchen – ich hingegen werde meine kostbare Zeit nicht damit verschwenden, Angaben zu meiner Ausdrucksweise oder gar zu meinem völlig irrelevanten Alter zu machen. Nur eine Sache werde ich kommentieren:

In meiner Nähe befindet sich in der Tat ein Zoo, und ich bin mit dem Zoodirektor gut bekannt. Allerdings gehören Kaninchen nicht zu den Attraktionen dort, Blitzmerker32. Ich werde aber deinem anderen Wunsch nachkommen und die »schwierigen Wörter« erklären, denn ich befürchte, du bist nicht der Einzige hier mit einem bedauernswert begrenzten Wortschatz. Also denn: Ein Revers ist ein Mantelaufschlag, und »Trauma« bezeichnet eine seelische Verletzung aufgrund eines katastrophalen Geschehens.

Aber nun endlich wieder zu etwas wirklich Wichtigem, zu meinem Fall!

Nachdem Mr Green uns in Madras angekündigt hatte, wollte er mich im Flugzeug unbedingt auf den neuesten

Stand der Dinge im Fall der gestohlenen Megafauna bringen. Ich ließ es geduldig über mich ergehen, obwohl mir die Fakten längst bekannt waren. (Tatsächlich recherchierte ich währenddessen im Internet unter anderem den Lebenslauf des Zoodirektors in Madras und kam nebenbei der Lösung der Riemannschen Vermutung, einem der größten mathematischen Rätsel der Gegenwart, auf die Spur.) Meine beneidenswerten Begleiter Dr. Watson und Mrs Hudson schnarchten derweil laut und wachten nicht einmal auf, als das Essen serviert wurde. Auch ich verzichtete auf »Chicken Bombay«, war doch kurzzeitig die Beleuchtung im Flugzeug ausgefallen. Die grässliche Dunkelheit machte mich nervös und verdarb mir nachhaltig den Appetit. Auch wenn sie nur kurz währte und ich, wie stets, meine Mini-LEDs griffbereit hatte.

Etwas Neues erfuhr ich von Mr Green nicht. Ich hatte im Vorfeld ja nicht nur aus den weltweiten Medienberichten meine Schlüsse gezogen. Darüber hinaus hatte mir auch der faszinierend naive Inspector Lestreet von Scotland Yard bei unserem letzten Gespräch einige wertvolle Informationen zu dem Fall gegeben. Daher war ich nicht überrascht, als Mr Green mir mitteilte, was die Polizei vermutete: dass die großen Tiere entführt worden waren, um bei illegalen Großwildjagden exzentrischen Millionären als Ziele zu dienen. Die polizeilichen Nachforschungen bei Großwildjägern und Safariveranstaltern hatten aber bislang nicht das Geringste erbracht. Ja, die Polizei wusste noch nicht einmal, wie die Diebstähle durchgeführt worden waren! Darum war die ZOWW nun – eine kluge Entscheidung – auf mich zugekommen.

Ich hatte bespielsweise im Gegensatz zur Polizei bereits bemerkt, dass die ersten Entführungen allesamt kleine, schlecht ausgestattete Zoos getroffen hatten. Erst Wochen später hatte es Entführungen aus großen Zoos gegeben. Diese Tatsache widersprach der These von den illegalen Großwildjägern. Denn warum sollten die sich zunächst mit schwachen, zum Teil auch kranken Tieren aus armseligen Gehegen begnügen? Diesem Rätsel hoffte ich in Indien auf die Spur zu kommen. Und noch etwas ließ mir keine Ruhe: Warum hatte sich der berühmteste Tierschützer von allen, Baboon Meier, nach den Diebstählen noch nicht zu Wort gemeldet?
Am Chennai Airport erwartete uns bereits eine Limousine. Zum Glück für Mr Green, der im Gegensatz zu mir für die feuchte Hitze in Madras gänzlich unpassend gekleidet war, verfügte das Auto über eine Klimaanlage, die es – wie in Indien üblich – in einen Gefrierschrank verwandelte. Allerdings war die Fahrt nur kurz, und Mr Green hatte sein Hemd bereits durchgeschwitzt, als wir den Eingang des *Arignar Anna Zoological Park* erreichten. Dort empfing uns Rajat Narayan, der Zoodirektor, neben sich zwei Elefanten, die von einem mürrischen Tierpfleger begleitet wurden.
»Willkommen, gnädige Frau«, begrüßte Mr Narayan Mrs Hudson in tadellosem Englisch, »... und Mr Holmes. Es ist eine unerwartete Ehre für mich«, ein kurzer Seitenblick zu Mr Green, »dass Sie sich die Mühe gemacht haben, hierher zu kommen.«
»Wir werden sehen«, sagte ich unverbindlich. »Ich würde gern zunächst die Tatorte inspizieren.«
»Natürlich.« Mr Narayan senkte den Kopf. »Durch einen unglücklichen Zufall sind all unsere Elektrowagen zurzeit

außer Betrieb. Da unser Zoo aber der größte in Indien ist, können wir uns leider auch nicht zu Fuß überall hin begeben. Daher werden wir uns auf den verbliebenen Elefanten fortbewegen müssen.«

Mr Green begann noch stärker zu schwitzen, wenn das überhaupt möglich war. Unangenehm, aber gut für ihn, hilft Schweiß doch nachweislich, Bakterien zu bekämpfen, von denen es hier vermutlich nur so wimmelte.

Ich hingegen schwitzte nicht. Nicht nur habe ich seit dem Fall des misstrauischen Regenwurmzüchters vielfältige Erfahrungen mit dem Reiten der viel lebhafteren afrikanischen Elefanten – ich hatte auch diese indischen Elefanten in der letzten Minute beobachtet, ging nun zielstrebig auf den mit der ruhigsten Ausstrahlung zu und bestieg ihn. Mrs Hudson ließ sich von dem Tierpfleger hinaufhelfen.

In gemächlichem Tempo schritt unser Elefant voran, und nach einer Weile folgten uns Mr Green und Mr Narayan auf ihrem Reittier. Der Zoodirektor plauderte in einem fort. Zum Glück bin ich jemand, der sich nicht so leicht ablenken lässt. Darum blieb ich trotz seiner ermüdenden Geschichten (und obwohl Mrs Hudsons schon wieder fest schlummerte) hellwach, und mir entging nichts. Nicht die Reifenspuren, die zum Teil von Fahrrädern, zum Teil von den schmalen Rädern der Elektrowagen stammten, denen wir hin und wieder begegneten. Und mir blieb auch die Tatsache nicht verborgen, dass es keine Spuren irgendwelcher anderer Fahrzeuge gab. Wir besuchten die Gehege der Lippenbären, der Löwen, der Bisons, der Tiger und der Giraffen. Aus allen Gehegen waren Tiere entführt worden, und als er uns davon erzählte, verlor Mr Narayan für einen Moment die Fassung.

»Zuerst waren es nur zwei Elefanten, das kann ein Zoo wie der unsere leicht verschmerzen. Aber dann verschwanden urplötzlich all die anderen Tiere … Wer tut denn so etwas?!«

Das Wort »urplötzlich« gab mir zu denken. Wenn Mr Narayan das Verschwinden der ersten Elefanten nicht als »urplötzlich« bezeichnete – hatte er dann vielleicht sogar damit gerechnet?

Doch ich ließ mir nichts anmerken und bestand darauf, jedes einzelne Gehege genau zu untersuchen. Auch wenn der Zoodirektor das für überflüssig hielt.

»Die Polizei hat keinerlei Spuren gefunden, und sie haben hier alles auf den Kopf gestellt«, versicherte er mir, während wir das leere Gehege der Lippenbären durchstreiften. Mr Green ruhte sich derweil auf einem Baumstamm von den Strapazen des Elefantenritts aus.

»Wenn es Spuren gibt, dann hier«, antwortete ich. Ich schaute an der Felswand empor, die das Gehege auf zwei Seiten begrenzte. »Ich brauche eine Leiter.«

Mr Narayan hatte inzwischen begriffen, dass es zwecklos war, mit mir zu diskutieren. Ich nutzte den Moment, als er telefonisch eine Leiter orderte, um Einmalhandschuhe überzustreifen, mich blitzschnell zu bücken und etwas aufzuheben. Wenn ich mich nicht irrte (und das tue ich ausgesprochen selten, im Grunde nie), handelte es sich dabei um den zerdrückten Samen eines Marula-Baumes. Faszinierend. Ich steckte ihn in einen verschließbaren Plastikbeutel.

Mit Dr. Watsons Käfig in einer Hand stieg ich die Leiter hinauf. Die Untersuchung der oberen Felskante mittels Lupe brachte das erwartete Ergebnis. Um sicherzugehen, dass ich auch in dem Bereich der Kante, die nach hinten abfiel, nichts übersah, ließ ich anschließend Dr. Watson aus dem Käfig. Er sah mich fragend an und machte keine Anstalten, herumzulaufen und den Fels zu erforschen. Das war der endgültige Beleg dafür, dass ich richtig lag. Ich hob meinen Arm hoch über den Kopf und machte einige Fotos mit meinem Handy, dann stieg ich die Leiter wieder herunter. Mr Narayan sah mich erwartungsvoll an.

»Nun«, teilte ich ihm mit, »das Wie des Tierdiebstahls dürfte damit geklärt sein.«

Mr Narayan und Mr Green hingen förmlich an meinen Lippen, als ich ihnen erklärte, wie die Diebe vorgegangen waren. Eigentlich lag es auf der Hand. Aber ihr da draußen seid ja – nach allem, was ich bisher gelesen habe – vermutlich ebenso wenig in der Lage, logische Schlüsse zu ziehen, wie diese beiden Herren. Nun denn:

»Es steht ohne jeden Zweifel fest, dass die Tiere aus der Luft entführt wurden.« Ich deutete auf den Weg vor dem Gehege. »Nirgendwo auf dem Zoogelände habe ich andere Reifenspuren gesehen als die schmalen von Fahrrädern und Elektroautos. Wenn man mehrere Dutzend tonnenschwerer Tiere wegschaffen will, braucht man aber Gefährte mit weitaus dickeren Reifen.« Ich zeigte zur Felskante empor. »Das lässt vermuten, dass die Tiere über die Luft weggeschafft wurden. Und in der Tat«, ich hielt den Herren mein Handy mit einem Foto vor die Nase, »habe ich oben auf dem Felsen den Beweis gefunden.«

»Also, ich kann auf dem Foto gar nichts erkennen«, murmelte Mr Green. Schweiß tropfte von seiner Stirn auf das Display.

»Eben das ist der Beweis«, erklärte ich den begriffsstutzigen Herren. »In dieser Höhe wird nicht saubergemacht. Daher wären dort Laub, kleine Äste und Sand zu erwarten, die sich im Laufe der Zeit angesammelt haben. Aber nichts dergleichen. Der Felsen sieht aus wie frisch gefegt. Und er sieht nicht nur so aus, er ist es auch, wie Dr. Watsons Desinteresse beweist. Wäre nur die kleinste Spur von Pflanzenfasern vorhanden gewesen, hätte er sich als neugieriges und immer hungriges Nagetier sofort darauf gestürzt.«

Für einen winzigen Moment veränderten sich Dr. Watsons und Mr Narayans Mienen. Zu kurz für jemanden, der die Systematik der Mikroausdrücke[1] des menschlichen und auch des tierischen Gesichts nicht studiert hat. Ich jedoch erkannte sogleich, dass Dr. Watson beleidigt war, weil ich ihn als »neugieriges Nagetier« betitelt hatte.

Mr Narayan hingegen war nicht beleidigt, er fühlte sich unwohl und wirkte zugleich zornig. Steckte er womöglich mit den Tierdieben unter einer Decke?

Mr Narayan stammte, wie ich während des Flugs herausgefunden hatte, aus einer geradezu unanständig reichen Familie. Geld stellte für ihn sicher keinen Anreiz dar, das Gesetz zu brechen. Und wie ich ebenfalls herausgefunden hatte, war die Bewahrung der Tierwelt Indiens seine große Leidenschaft und sein Lebensziel. Wenn er also etwas über die

---

[1] Mikroausdrücke: Gesichtsausdrücke, die nur Bruchteile von Sekunden dauern und Gefühle verraten.

Tierdiebe wusste, es der Polizei jedoch nicht gesagt hatte … dann passte das nicht zu der Theorie, dass die Tiere für illegale Großwildjagden eingesetzt wurden. Aber es passte ausgezeichnet zu der kühnen Theorie, die sich allmählich in meinem Geist zu formen begann. Und sogar Mr Narayans gut – aber vor mir nicht gut genug – verborgener Zorn fügte sich als Puzzlestück ins Bild ein.

»Natürlich kann es sich nur um Schwerlast-Hubschrauber gehandelt haben, die die Tiere weggeschafft haben. Der Wind der Rotorblätter hat alles von der Felskante gefegt, was dort gelegen haben mag. Und die fehlenden Reifenspuren sind damit ebenfalls erklärt.«

Mr Narayan schüttelte energisch den Kopf. »Das ist unmöglich, Mr Holmes. Zwar befinden sich nachts normalerweise keine Zoomitarbeiter auf dem Gelände, aber irgendjemand hätte diese großen Hubschrauber wenn nicht sehen, so doch hören müssen. Und soweit ich weiß, hat die Polizei die Anwohner gründlich befragt. Ohne Erfolg.«

Ich lächelte und schwang mich elegant auf meinen Elefanten. »Das glaube ich gern. Für ein so gewaltiges Projekt wie diesen Diebstahl braucht man allerneueste Stealth-Technologie[2], um die Hubschrauber zu tarnen. Sie waren offensichtlich zumindest mit Anti-Noise-[3], vielleicht auch mit fortgeschrittener Tarntechnologie ausgestattet, an deren Entwicklung das Militär schon seit Jahren arbeitet. Erfolgreich, wie es aussieht.«

---

[2] Stealth-Technologie: Tarnkappen-Technik

[3] Anti-Noise-Technologie: Damit kann Schall/Lärm neutralisiert werden.

»Aber wie sollen die Diebe denn an so etwas gekommen sein?«, rief Mr Green und schwenkte seinen Mantel.
»Das«, sagte ich, »ist eine sehr gute Frage. – Ach, Mr Narayan«, fuhr ich im Plauderton fort, »beherbergt Ihr schöner Zoo eigentlich auch Bäume aus anderen Teilen der Welt? Ich interessiere mich sehr für Dendrologie[4].«
»Nein, tut mir leid«, erwiderte er gepresst.
»Nun denn, dann wollen wir Ihre Zeit nicht länger in Anspruch nehmen.«
Ein schneller Blick zeigte mir, dass Mr Narayan ebenso erleichtert war wie Mr Green, dass wir seinen Zoo verließen. Wenn auch aus anderen Gründen.
Am Zooeingang blieb ich noch einmal stehen.
»Narayan, ist das nicht einer der Namen des Gottes Vishnu? Des großen Erhalters?«
Misstrauisch sah der Zoodirektor mich an. »Ganz recht.«
Ich deutete auf den Zoo hinter uns. »Nun, ich denke, Sie machen Ihrem Namen alle Ehre.«
»Ich versuche es.« Er versuchte außerdem, sein Unbehagen vor mir zu verbergen, aber natürlich vergeblich.
»Davon bin ich überzeugt.« Ich lächelte. »Einen schönen Tag noch.«

 **32** Leuten gefällt das

[4] Dendrologie: Baumkunde

Superfan
3. April, 9:13
Ey, Sherwood, dein Blog inspiriert mich echt, Mann. Da du ja offenbar noch ziemlich jung bist, hab ich mir die Freiheit genommen, dich als Jugendlichen darzustellen. Weil der Comic, den ich machen möchte, für Kinder sein soll. Wenn's dir überhaupt nicht gefällt, sag Bescheid.
Ach ja: Das mit den Bäumen hat mich nicht mehr losgelassen. Ich hab mal ein bisschen recherchiert und rausgefunden, dass es Marula-Bäume in Indien gar nicht gibt, nur in Afrika. Na, bin ich auf der richtigen Spur?
Weiter so, Alter!

Blitzmerker32
3. April, 9:17
Diese Anti-Noise-Sache hätt ich auch gern (danke übrigens, dass du diese ganzen Wörter erklärst!). Meine Nachbarn finden nämlich, ich mach zu viel Krach. Aber das bin eigentlich gar nicht ich, das sind meine vierzehn Papageien. Wenn ich denen so 'ne Anti-Noise-Haube aufsetzen könnte, das wär schon klasse. Kann man die irgendwo kaufen?

Bear
3. April, 14:58
Entschuldigen Sie, Mr Holmes, aber irgendjemand muss hier endlich einmal ernsthafte Zweifel anmelden. Ich kenne mich mit Elefanten aus und kann aus Erfahrung sagen, dass Sie hier Märchen verbreiten. Woran wollen Sie denn erkannt haben, dass Ihr Elefant eine »ruhige Ausstrahlung« hatte? Elefanten wirken fast immer ruhig – bis sie dann aus heiterem Himmel einen Angriff starten.

ToughGirl
3. April, 15:11
@Bear: Schön, dass ich nicht mehr die Einzige hier bin, die Sherwoods Story, freundlich ausgedrückt, extrem fragwürdig findet.
@Sherwood: Haarsträubend, was du dir da zusammenfantasierst. Aber ich muss zugeben, dass das alles ganz flockig erzählt ist. Ich werde dir also noch eine Weile erhalten bleiben. Auch wenn du echt einen an der Waffel hast. Und ich meine jetzt nicht deine Angst vor der Dunkelheit.
@Tim: So gefällst du mir am besten: Wenn du die Klappe hältst.

MrsHudson
3. April, 22:19
@Blitzmerker32: Da Tiere Ihnen so am Herzen liegen, empfehle ich Ihnen, sich in einem Zoo bei Ihnen vor Ort zu bewerben. Kaninchen werden wohl nur Streichelzoos zu ihren Attraktionen zählen. Aber in vielen anderen – auch in unserem Zoo hier – gibt es beispielsweise Faultiere, Präriehunde und Riesenschildkröten, allesamt harmlose und freundliche Tiere.
@Sherwood: Ich habe, wie gewünscht, den warmen Norwegerpullover zur Post gebracht, den dir König Harald geschenkt hat, und sechs Raummeter Holz für deinen Kamin geordert, die in Kürze bei dir eintreffen müssten.
Und zieh bitte den Angoraschal an, wenn du das Haus verlässt. In unser beider Interesse solltest du eine neuerliche Grippe unbedingt vermeiden.

Der Blog des geheimnisvollen

SHERWOOD HOLMES

4. April, 2:16 Uhr

Mühsam ernährt sich der Hamster

Mrs Hudson, sehen Sie, was Sie angerichtet haben, als Sie mir rieten, Kommentare bei diesem Blog zuzulassen? Dabei bin ich nun wirklich damit ausgelastet, dem gestohlenen Schmuckstück, das hier nicht näher bezeichnet werden darf, auf die Spur zu kommen. Wenn es nicht innerhalb der nächsten zwei Wochen seinem Besitzer zurückgegeben wird – zusammen mit dem Dieb, der kein anderer sein kann als Möhren-Arty –, dann wird es mit großer Wahrscheinlichkeit zu einem Krieg in der arabischen Welt kommen. Statt also in meiner spärlichen Freizeit hier ungestört meine geniale Lösung eines scheinbar unlösbaren Falls darzulegen, muss ich mich mit entstellenden Comics, ahnungslosen Möchtegern-Experten und Papageienhauben herumschlagen!
Aber es hilft ja nichts, darum in aller Kürze: Nein, Blitzmerker32, es gibt keine Anti-Noise-Hauben zu kaufen. Ja, Superfan, du bist auf der richtigen Spur mit dem Marula-Baum. Allerdings habe ich ja auch dermaßen deutlich mit dem Zaunpfahl gewinkt, dass man diesen Hinweis gar nicht übersehen konnte. Bear, bevor Sie mit unausgegore-

nen Ideen darüber an die Öffentlichkeit treten, was Elefanten tun oder nicht tun, sollten Sie erst einmal Brickers Standardwerk »Der Elefantenflüsterer« lesen.

Und ja, Mrs Hudson, ich trage den Schal ständig. Auch ich habe keinerlei Interesse daran, dass sich so etwas wie bei meiner letzten Grippe wiederholt.

Aber nun endlich weiter!

Obwohl mir nach dem Besuch des *Arignar Anna Zoological Park* alles Wesentliche klar war, suchte ich zur Untermauerung meiner These mit Mr Green zusammen noch vier weitere Zoos auf. In den kleineren Zoos in Spanien und Italien standen die Mitarbeiter der Zoos den Entführungen relativ gleichgültig gegenüber. In Köln und auch im französischen Sigean hingegen verhielten sie sich reserviert bis feindselig, und die Nerven der Beteiligten lagen blank. So war es kein Wunder, dass der Tierpfleger der Flusspferde im Kölner *Hippodom* mir unabsichtlich etwas Entscheidendes verriet. Als ich nicht aufhörte, seine Sicherheitsmaßnahmen in Zweifel zu ziehen, schrie er mich an:

»Verschwinden Sie endlich! Die Tiere interessieren Sie doch überhaupt nicht, stimmt's? Sie sind noch schlimmer als die, denen die armen Tiere, die unter grauenvollen Umständen in winzigen Käfigen leben, angeblich ja so am Herzen liegen, dass sie sie …« Er verstummte.

»›… dass sie diese Tiere retten‹, wollten Sie sagen, nicht wahr?«, sagte ich sanft.

Er trat gegen eine Palme. »Natürlich nicht! Ich meine, als erst die zwei Giraffen … Aber jetzt sind alle meine Flusspferde gekidnappt worden! – Ich meine«, er deutete auf die moderne Nilpferdanlage, in der wir uns befanden, »sehen

die vielleicht so aus, als müssten sie gerettet werden?«
»Nein«, pflichtete ich ihm bei. »Ich finde, die Entführer sollten sich besser informieren, wo es sinnvoll ist, Tiere zu … stehlen.«
»Sag ich ja!«, rief der Pfleger und fügte patzig hinzu: »War's das jetzt?«
»Ja. Danke für Ihre Hilfe«, entgegnete ich.
Er musterte mich mit zusammengekniffenen Augen, dann schlurfte er ohne ein weiteres Wort davon.
Vor dem Eingang zum *Hippodom* wartete Mr Green mit Dr. Watsons Käfig auf dem Schoß in einem Elektrowägelchen des Zoos auf uns. »Nun, Holmes, haben Sie etwas herausgefunden?«
»Nichts, was ich nicht schon gewusst hätte.«
»Und wohin«, er seufzte, »reisen wir als Nächstes?«
»Nach London.« Ich bedeutete dem Fahrer, uns zum Ausgang zu bringen. »Ich werde mich einige Tage zum Nachdenken zurückziehen.«
Mr Green war sichtlich erleichtert, dass unsere Reisen vorerst ein Ende finden würden. Dennoch sagte er voller Pflichtgefühl: »Sobald Sie weitere Recherchen anstellen wollen, stehe ich natürlich bereit.«
»Das weiß ich zu schätzen«, sagte ich, auch wenn ich nicht vorhatte, die nächste Reise mit Mr Green zusammen zu unternehmen.
Denn wie mir die Besuche in den Zoos von Sigean und Köln bestätigt hatten: Es gab zwei Arten von Dieben in diesem seltsamen Fall. Und ich hatte keinen Zweifel mehr daran, dass die gefährlicheren von ihnen über nahezu unbegrenzte Mittel verfügten, ausgesprochen einflussreich und zudem

global vernetzt waren. Sie hatten offenbar die Massenentführungen zu verantworten und die Tiere in der Tat für illegale Großwildjagden gestohlen. Doch auf die Idee dazu hatte sie jemand anderes gebracht. Jemand, der in kleinen Zoos tätig geworden war, wo viele der Tiere unter schrecklichen Bedingungen hausten. Und auch dieser Jemand hatte offenbar mächtige Verbündete.
Wenn ich diesen verzwickten Fall lösen wollte, der genau genommen aus zwei Fällen bestand, durfte ich kein Risiko mehr eingehen.

36 Leuten gefällt das

ErnsthaftBesorgt
4. April, 4:33
Wollen Sie allen Ernstes diese ganze Geschichte wieder aufrollen, Holmes? Ich kann Sie nur eindringlich bitten, damit aufzuhören. Sonst werden nicht nur Sie, sondern noch viele andere mit den Folgen Ihrer Taktlosigkeit leben müssen!

Blitzmerker32
4. April, 5:02
Superfan, ich glaub nicht, dass Sherwood 'n Kind ist. Dafür kennt er zu viele Wörter. @Sherwood: Ich weiß, du darfst nichts über deinen neuen Fall verraten. Aber ich frag mich schon: Wenn dieses Schmuckstück so wichtig ist, warum hat der Besitzer dann nicht besser drauf aufgepasst?

MrsHudson
4. April, 7:24
Sherwood, Miss Penrose von nebenan fragt nach, ob sie sich deine Studie über die *Populationsentwicklung von Arachniden unter geothermisch instabilen Verhältnissen* ausleihen darf. Wenn du einverstanden bist, überlasse ich ihr eine Kopie.
Ich habe übrigens noch ein Bären-Abwehr-Spray in das Paket mit dem Norwegerpullover gelegt. Ich denke, das wird dir von Nutzen sein.

Superfan
4. April, 10:05
@MrsHudson: Sie meinen es sicher gut, aber in Ihren Kommentaren verraten Sie viel zu viel über Sherwoods Aufenthaltsort. Und über Ihren eigenen auch. Man weiß ja nie, wer bei so einem Blog mitliest. Oder wer sich hinter den Nicknames verbirgt. Vielleicht tarnt sich dieser üble Möhren-Arty sogar als einer von uns! Was ich sagen will: Telefonieren Sie besser mit Sherwood, Mrs Hudson, oder schicken ihm eine Mail. @Sherwood: Klasse Story, Alter! Hättest du was dagegen, wenn ich meinen Sherwood-Holmes-Comic als Buch rausbringe, wenn er fertig ist? Ich würde dich natürlich am Gewinn beteiligen.

ToughGirl
4. April, 21:28
Tim? Bist du noch da?

Superfan
4. April, 21:30
Ach ja, Sherwood, ich hoffe, du kennst dich mit dem Internet so gut aus, dass der Anschluss, von dem aus du diesen Blog schreibst, nicht zurückverfolgt werden kann. Täte mir echt leid, wenn deine Feinde dich aufspüren würden, Mann. By the way, was ist das eigentlich zwischen dir und diesem Möhren-Arty?

5. April, 1:34 Uhr

Nougattorte und Möhrenmüsli

Sei versichert, Blitzmerker, dass der Besitzer sein Schmuckstück sehr gut gesichert hatte. Doch gegen den gewieftesten Verbrecher der Welt konnten alle Schlösser und Wachen nichts ausrichten. Aber der Scheich ist davon überzeugt, dass nicht Möhren-Arty, sondern einer seiner arabischen Erzfeinde hinter diesem Diebstahl steckt. Daher rüstet er bereits zum Krieg … Doch das alles ist kein Grund zur Sorge. Schon bald werde ich diesen heiklen Fall gelöst haben.

Wo wir gerade bei Möhren-Arty sind: Ich kann dir versichern, Superfan, dass er mich nie und nimmer finden wird. Deine Sorgen bezüglich Mrs Hudson sind also unbegründet. Und die Ihrigen, ErnsthaftBesorgt, ebenso. Ich bin mir des Risikos sehr wohl bewusst und werde daher meine Zeit nicht damit verschwenden, weiter auf Ihre Warnungen einzugehen. Was Möhren-Arty und mich betrifft: Wir kennen uns seit unserer Kindheit, wo ich ihm einmal eine herbe Enttäuschung bereiten musste. Seither verfolgt er mich, nachtragend, wie er ist. Aber genug abgeschweift, und weiter mit meinem Fall:

Zurück in London, zog ich mich mit einer Kanne Tee, einer zweistöckigen Nougattorte und Dr. Watson in mein Arbeitszimmer zurück. Bevor ich weitere Schritte unternehmen konnte, musste ich einige Nachforschungen anstellen, daher brauchte ich Brennstoff für mein geniales Gehirn. Auch Dr. Watson bekam eine Extraportion Möhrenmüsli.

Die Zeitungen, das Fernsehen und das Internet brachten immer mehr Berichte über verschwundene Tiere. Denn auch die Damen und Herren von der Presse hatten endlich mitbekommen, dass sich die Tierdiebstähle nicht auf die Zoos beschränkten: Aus den Naturreservaten Afrikas kamen ebenfalls alarmierende Nachrichten. So hatte seit fast drei Monaten niemand mehr einen der wenigen noch existierenden Berggorillas zu Gesicht bekommen, und in verschiedenen afrikanischen Reservaten waren die so einträglichen Fotosafaris auf unbestimmte Zeit abgesetzt worden. Es gab einfach zu viele unzufriedene Touristen, die während der gesamten Safari kein einziges aufsehenerregendes Tier vor die Kamera bekamen und empört ihr Geld zurückverlangten.

So weit, so wenig überraschend. Auch dass in diesen Fällen offenbar keine hochgeheime Militärtechnologie zum Einsatz gekommen war, passte hervorragend zu meiner Theorie der zwei Diebesbanden. Und die betroffenen Reservate waren bezeichnenderweise diejenigen, in denen in der Vergangenheit die Tierbestände durch Wilderer empfindlich dezimiert[5] worden waren.

Inzwischen hatte man auch den brasilianischen Milliardär Pedro da Silva und einige seiner Freunde verhaftet, die

[5] Dezimieren: verringern

zugegeben hatten, an einer illegalen Löwenjagd teilgenommen zu haben. Angesichts dessen, was über die Organisation dieser Jagd bekannt geworden war, vermutete nun auch die Polizei, genau wie ich, dass Möhren-Arty der Drahtzieher war. Doch fälschlicherweise ging sie davon aus, dass er für sämtliche Entführungen verantwortlich war. Das war natürlich Unsinn.

Doch eine Information fehlte mir noch, um meine Theorie abzurunden. Ich machte mich auf die Suche im Internet, während Dr. Watson einen Stapel Zeitungen zum Durchforsten bekam.

Natürlich hatten sich mittlerweile auch zahlreiche Tierschützer zu Wort gemeldet. Sie regten sich wahlweise über skrupellose Tiermörder, untätige Politiker und gleichgültige Konsumenten auf. Doch einer, von dem ich schon zu Beginn der ganzen Affäre flammende Kommentare erwartet hatte, fehlte immer noch. Einer, der sonst keine Gelegenheit ausließ, sich in Fragen der Tierrechte aufs Nachdrücklichste zu äußern.

Ich sah zu Dr. Watson hinüber, der seinen Zeitungsstapel inzwischen bewältigt hatte und mich mit seinen schwarzen Knopfaugen anblickte. Als er sicher sein konnte, meine Aufmerksamkeit zu haben, wanderte sein Blick an mir vorbei, bis er am Bücherregal jäh stoppte.

»Sehr gut, Dr. Watson.« Ich fegte mir die Krümel des letzten Stückes der Nougattorte vom Hemd und ging hinüber zum Regal, um das Buch herauszuziehen, das Dr. Watson fixierte. »Das Tier und wir«, von Baboon Meier, dem wohl namhaftesten und radikalsten Tierschützer der Gegenwart. Meier, der zum Verschwinden der Megafauna bislang keinen einzigen Kommentar abgegeben hatte. Weder im Fernsehen noch in der Presse. Dass man nicht einmal bei Twitter einen seiner flammenden Beiträge zu lesen bekam, konnte nur eines bedeuten: Baboon war entweder tot – oder irgendwie in diese Sache verstrickt. Ich war mir sicher, dass das Zweite zutraf. Und ich wusste: Wenn ich herausfand, wo Baboon sich herumtrieb, wäre ich der Lösung des Rätsels um die verschwundene Megafauna einen großen Schritt näher.

Als Mrs Hudson mir wie jeden Abend um zwanzig nach Sechs das Abendessen brachte, beendete ich gerade mein Telefonat mit einem tansanischen Wildpark-Ranger. Er hatte mir dasselbe erzählt wie seine fünf Kollegen vor ihm: dass auch bei ihm Tiere verschwunden waren und dass Baboon Meier in letzter Zeit dagewesen war. Allerdings hatte dieser Ranger Baboon erst vor drei Tagen gesehen, und er konnte mir außerdem sagen, in welche Richtung der Tierschützer mit seinem Jeep gefahren war.

Ich rief Mr Green von der ZOWW an. Er sträubte sich zunächst, mir das Dokument auszustellen, das ich von ihm verlangte. »Sobald dieser Möhren-Arty gefasst ist«, wandte er ein, »spielt das doch alles keine Rolle mehr!« Aber nachdem ich ihm geduldig erklärt hatte, wozu ich es brauchte, versprach er mir (wenn auch widerwillig), es noch am selben Abend per Kurier bringen zu lassen.

»Mrs Hudson«, rief ich energiegeladen, »packen Sie schon einmal für Tansania. Wir brechen morgen in aller Frühe auf!«

39 Leuten gefällt das

ToughGirl
5. April, 12:54
@Sherwood: Also, ich hätt ja keine Lust, mit so ’ner alten Schachtel zu verreisen. Ach, Moment, jetzt versteh ich: Unser Superdetektiv darf gar nicht allein reisen, weil er noch minderjährig ist! LOL!

Superfan
5. April, 13:02
@ToughGirl: Sag mal, warum bist du eigentlich hier? Ich meine, ich finde Sherwoods Story megaspannend und mache einen Comic draus, Blitzmerker mag Tiere und will was lernen, Tim will Sherwood irgendwie bekehren – aber du willst offenbar nur rumpöbeln und Leute beleidigen. Oder?

Blitzmerker32
5. April, 13:08
Das wüsste ich auch gern, echt jetzt! Mrs Hudson ist doch total nett und kümmert sich total toll um Sherwood. Schickt ihm warme Pullover nach Kanada und so.

Superfan
5. April, 13:17
@MrsHudson: Da sehen Sie, wie viel Sie schon über Sherwoods Aufenthaltsort verraten haben. Sogar Blitzmerker weiß, wo er ist!
@ToughGirl: Wie bist du überhaupt auf diesen Blog gekommen?

ToughGirl
5. April, 18:34
Wo ihr alle so scharf drauf seid, also bitte: Ich bin hier per Zufall reingestolpert. Weil ich Hamster mag, okay?! Wer das lustig findet, soll das ruhig posten. Ich komm dann vorbei und brech ihm die Finger.
Wie auch immer, als ich dann euch kaputte Typen kennengelernt hab, da musste ich einfach immer wiederkommen. »Faszination des Grauens« nennt man das wohl …

Der Blog des geheimnisvollen
SHERWOOD HOLMES

Dann eben nicht!

6. April, 21:35

Offenbar interessiert ihr euch für jede noch so nichtige Belanglosigkeit, nur nicht für meinen Fall. Nun gut, auch ein Sherwood Holmes kann sich einmal irren. Ich hatte doch tatsächlich angenommen, dass einige Menschen da draußen intellektuelles Vergnügen daran finden könnten, wenn einer der genialsten Köpfe unserer Zeit seine Geheimnisse offenlegt. Aber dem scheint nicht so zu sein. Und da ich weiß Gott genug zu tun habe und auch nicht akzeptieren kann, dass eine außergewöhnlich liebenswerte und kluge Frau wie Mrs Hudson hier öffentlich beleidigt wird, beende ich dieses Experiment jetzt.

4 Leuten gefällt das

Blitzmerker32
6. April, 22:14
Das machst du doch nicht wirklich, oder? Das fänd ich total schade!

MrsHudson
6. April, 23:57
Sherwood, das ist lieb von dir. Aber ich bin nicht nur liebenswert und klug, sondern auch sehr robust. Ein pöbelnder Teenager verursacht mir keine schlaflosen Nächte, wie du wissen solltest.

Superfan
7. April, 9:21
Sherwood, jetzt hab dich nicht so. Hier gibt's genug Leute, die es nicht erwarten können, zu erfahren, wie's mit den verschwundenen Elefanten und so weitergeht. ToughGirl ist nur eine von diesen Typen, die sich im Netz aufspielen. Vergiss sie einfach.

ToughGirl
7. April, 12:55
@Sherwood: Okay, ist ja schon gut! Ich will ja nicht schuld sein, wenn alle heulen, weil du sie verlassen hast. Erzähl schon weiter, du Mimose!

72 Leuten gefällt das

8. April,
2:53 Uhr

Gorillahaar und Möhrenstrunk

Ich möchte klarstellen, dass es nichts mit euren Kommentaren zu tun hat, dass ich mich entschieden habe, diesen Blog fortzuführen. Es ist einzig und allein mein Bestreben, meinen zahllosen Fans da draußen, die sich hier nicht ständig in den Vordergrund spielen, die erstaunlichen Früchte meiner Arbeit nicht vorzuenthalten. Und da ich nach meinem gestrigen Ausflug in die heißen Sümpfe Louisianas nun im Besitz des für den Weltfrieden so maßgeblichen Schmuckstücks bin, kann ich in aller Ruhe mit meinen Ausführungen fortfahren:
Einundzwanzig Stunden später standen wir mit einem Wildpark-Ranger und einem achtköpfigen Kegelclub aus Middle Fritham im Nordwesten des Serengeti-Nationalparks, wo Baboon zuletzt gesehen worden war.
Bill, der Ranger, versuchte seit Stunden, Wissenswertes über die Tiere zu erzählen, die wir bisher leider (aber für mich nicht unerwartet) nicht zu Gesicht bekommen hatten. Doch er stieß überall auf taube Ohren:
Dr. Watson fühlte sich in seiner Hamsterheimat sichtlich wohl. Er schnupperte begierig die Savannenluft und trip-

pelte aufgeregt hin und her. Mrs Hudson fächelte sich mit einem Palmblatt Luft zu, während sie den Sonnenuntergang betrachtete. Der Kegelclub stritt lautstark darüber, wer die schlimmsten Krankheiten hatte.

Und ich kroch auf dem Boden herum und suchte mit meiner Lupe nach Spuren.

»Hah!«, rief ich, als ich etwas gefunden hatte. Und dann gleich noch einmal. Die Damen des Kegelclubs verstummten. Ich sprang auf und hielt meinen Vertrauten mein erstes Fundstück unter die Nase. Dr. Watson schnaubte, und Mrs Hudson hob fragend eine Augenbraue.

»Wenn ich mich nicht täusche«, ich schmunzelte über meinen kleinen Scherz, »ist das hier das Haar eines Gorillas.«

»Hier gibt es Gorillas, Mr Holmes?«, rief eine Frau mit einem geschmacklosen violetten Strohhut begeistert.

»Nein«, sagte der Ranger Bill.

»Eben das ist ja das Bemerkenswerte!«, rief ich.

»Hm«, machte eine Frau in einem roten Overall und mit einem noch röteren Gesicht skeptisch.

Die Vorsitzende des Kegelclubs – erkennbar an ihrem herrischen Auftreten und an ihrem Vereinsvorsitzenden-Namensschild – baute sich vor dem Ranger auf und stemmte ihre Hände in die Hüften.

»Hören Sie: Wir sind müde, erschöpft und durstig. Und das alles, ohne bisher auch nur den Huf eines Nilpferds, die Warzen eines Warzenschweins oder das Horn eines Nashorns gesehen zu haben. Diese Safari ist für uns beendet. Und jetzt bringen Sie uns auf dem schnellsten Weg zurück ins Hotel.«

»Also, ich würde ganz gern diese Gorillas sehen«, ließ sich eine piepsige Keglerin vernehmen, und sofort war ein neuer

Streit im Gange. Das kam mir durchaus gelegen, konnte ich Mrs Hudson und Dr. Watson doch nun ungestört meinen zweiten Fund präsentieren.

»Aber noch interessanter als das Gorillahaar ist das hier.« Ich reichte Mrs Hudson einen abgerissenen Zettel, den ich zuvor vorsichtig auseinandergefaltet hatte, wobei ich ein weiteres Gorillahaar gefunden hatte. Mrs Hudson versuchte, im abendlichen Dämmerlicht etwas auf dem Zettel zu erkennen.

»…oll gest… in d… Pa…«, murmelte sie. »Du willst doch nicht sagen, dass du das entziffern kannst, Sherwood?!«

»Nein«, sagte ich. »Aber das brauche ich auch gar nicht.« Ich zog ein Buch aus meiner Jacke und schlug es auf. »Sehen Sie hier, dieses Faksimile[6] eines Briefes, den der Autor an den amerikanischen Präsidenten geschickt hat?«

»Dieselbe Handschrift«, hauchte Mrs Hudson.

»Ganz genau. Baboon Meier. Er war hier.« Ich steckte Buch und Zettel ein, nahm Dr. Watsons Käfig und brachte ihn außer Reichweite einer aufdringlichen Speikobra. Dann schritt ich forsch in Richtung unseres Safaribusses.

»Morgen werden wir uns an die Fersen von Baboon Meier heften«, klärte ich Mrs Hudson und Dr. Watson auf. »Und es würde mich doch sehr wundern, wenn wir dabei nicht auch einen großen Teil der verschwundenen Tiere fänden.«

Die nächste Spur führte jedoch in eine ganz andere Richtung, und es war Dr. Watson, der auf sie stieß. Kaum waren wir nämlich vor unserem Hotel ausgestiegen, begann er,

---

[6] Faksimile: originalgetreue Kopie

aufgeregt in seinem Käfig hin und her zu laufen. Dabei hielt er immer wieder kurz inne, um in die undurchdringliche Nacht hinauszuschnuppern. Schließlich sah er mich auffordernd an, und obwohl ich lieber stehenden Fußes ins schützende Licht des Hotels geeilt wäre, ließ ich ihn aus dem Käfig. Sogleich verschwand er hinter einer Mülltonne in der Einfahrt.

Dort war es dunkel wie in einem Grab. Trotzdem folgte ich dem umtriebigen Hamster, jedoch nicht ohne meine Mini-LEDs einzuschalten. Auch meine Taschenlampen-App startete ich sicherheitshalber. Mrs Hudson wollte ebenfalls sehen, was Dr. Watson gefunden hatte. Sie hob den Deckel des Mülleimers an, blickte hinein und sah mich dann fragend an.

Die Tonne war leer.

»Nun, Mrs Hudson«, ich ging in die Hocke, »ich denke, Dr. Watson wollte uns das hier zeigen.« Ich hob etwas auf und betrachtete im Licht meines Handys den Möhrenstrunk, zu dem Dr. Watsons feine Nase uns geführt hatte.

Mrs Hudson stieß einen erschrockenen Schrei aus.

»Sie sagen es«, sagte ich düster. Denn ich hatte die charakteristischen Zahnabdrücke auf der Möhre erkannt.

Möhren-Arty. Er war hier.

51 Leuten gefällt das

Ghost

8. April, 3:41

Na, immer noch Angst im Dunkeln, Sherwood? Bist eben auch nur ein Mensch. Und nicht halb so schlau, wie du denkst. Sonst wärt ihr ja nicht unter euren richtigen Namen nach Afrika gereist, und dann hätte Möhren-Arty euch wohl auch nicht so schnell gefunden, oder? Und du glaubst, diesmal könnte er dich auf keinen Fall aufspüren? Träum weiter …

ToughGirl

8. April, 5:21

@Ghost: Na, jetzt wird's doch interessant! Was weißt du denn sonst noch so über unseren Superdetektiv?
@Tim: Mensch, jetzt sei doch nicht sauer. Sag was!

Ghost
8. April, 5:26
@ToughGirl: Na ja, Möhren-Arty hat Sherwood ja damals im Waisenhaus in den ratten- und spinnenverseuchten Keller gesperrt. Sherwood hat zwar am nächsten Morgen total gelassen gewirkt, aber wie's jetzt aussieht, hat er wohl doch ziemlich Muffensausen gehabt da unten. Mitleid hab ich trotzdem nicht mit ihm. Er hatte es verdient, der miese kleine Angeber.

Superfan
8. April, 8:42
@Ghost: Mensch, du kennst Sherwood von früher? Scheiße, du bist doch nicht etwa Möhren-Arty himself? Du scheinst Sherwood jedenfalls nicht gerade zu mögen … Aber das mit den richtigen Namen stimmt.
Das hab ich gar nicht mitgekriegt, bis ich die Sache mit den Gorillas noch mal gelesen hab.
@Sherwood: Ganz schöner Schnitzer, dass ihr nicht unter falschem Namen gereist seid. Was sagst du denn dazu? Ich frag mich auch, wie du diesen Baboon nur mit einem Gorillahaar und einem Zettel aufgespürt hast. Waren da vielleicht noch GPS-Daten drauf?

Blitzmerker32
8. April, 10:13
@Ghost: Du bist ein ganz gemeiner Lügner! @Sherwood: Lass dich von diesem Ghost bloß nicht ärgern. Der ist doch nur neidisch, weil du schon als kleiner Junge so klug warst.

Tim
8. April, 11:56
Armer Sherwood, was für ein schreckliches Trauma, das mit dem Waisenhaus! Kein Wunder, dass du das manchmal durch deine überhebliche Art auszugleichen versuchst. Aber auch: Armer Möhren-Arty! Sherwood, jetzt mal Hand aufs Herz: Was hast du diesem Jungen denn angetan, dass er meinte, dich in einen Keller sperren zu müssen? Ich meine, alles hat ja irgendeinen Grund. Geh mal ganz tief in dich, Sherwood, damit du mit deiner Vergangenheit ins Reine kommst. Wirst sehen, dann verschwindet deine Noktophobie ganz von selbst. (Für Blitzmerker: So nennt man die Angst vor der Dunkelheit.)

ToughGirl
8. April, 12:08
Na, da bist du ja wieder, Tim, einfühlsam wie eh und je. Ich nehme übrigens mal an, Tim ist dein echter Name, oder?

Tim
8. April, 12:57
Genau. Ich verstecke mich nämlich nicht hinter einer Fassade, »ToughGirl«.

ToughGirl
8. April, 13:03
Boah, ey, da will man mal nett sein … Vergiss es einfach!

Der Blog des geheimnisvollen

SHERWOOD HOLMES

Wo ist Baboon Meier?

9. April, 4:02 Uhr

Eins möchte ich klarstellen: Nicht ich habe Möhren-Arty irgendetwas angetan, *er* hat *mich* in einen kalten, dunklen Keller gesperrt! Und das nur, weil ich seinen lächerlichen Führungsanspruch nicht anerkennen wollte. Dass Möhren-Arty hier mitliest, sollte im Übrigen niemanden von euch überraschen. Und dass er sich eine Tarnidentität zulegt, ebenso wenig. Damit ist er sicher nicht der Einzige hier.

Nun denn, genug davon.

Wie immer hast du, Superfan, als Einziger mitgedacht, was meinen Fall angeht – auch wenn du natürlich falsch liegst, nicht nur mit dem Zettel. Darauf waren jedenfalls mitnichten GPS-Daten verzeichnet. Und auch die Nachricht selbst war unwichtig. Bedeutsam war einzig und allein Folgendes: In dem gefalteten Zettel von Baboon hatte sich ein Gorillahaar befunden. Demzufolge mussten Baboon und die Gorillas zumindest zeitweise am selben Ort gewesen sein, höchstwahrscheinlich in diesem Nationalpark. Das bedeutete, dass der oberste Tierschützer entweder an der Gorillaentführung beteiligt gewesen war oder dass er den Entführern der Tiere auf die Spur gekommen war. Ersteres war nach allem, was ich bislang über die Entführungen wusste, wahrscheinlicher. Denn die Entführer waren in den kleinen Zoos und in den Wildparks immer behutsam vorgegangen, wie ich von Inspector Lestreet wusste. Es sah ganz so aus, als wären diese Entführungen das Werk ebenso entschlossener wie finanzstarker Tierschützer, die die Ausrottung der irdischen Megafauna verhindern wollten. Baboon Meier war der bekannteste Tierschützer der Welt, und er hatte Kontakte bis in die höchsten Kreise. (Die Entführungen in den großen Zoos standen auf einem anderen Blatt.)

Dass Baboon und die Gorillas hier gewesen waren, bedeutete aber auch, dass sie immer noch ganz in der Nähe sein mussten. Denn offensichtlich war er mit den Gorillas, die ja ausschließlich in zwei eng begrenzten Gebieten Afrikas leben, hier gelandet. Und das konnte nur einen Grund haben: Das Versteck, in dem die Gorillas und all die anderen Tiere untergebracht waren, musste hier sein – sonst hätte Baboon einen anderen Landeort gewählt.

Mit diesem Wissen machte ich mich an die Arbeit, während Dr. Watson im Käfig seine nächtlichen Turnübungen absolvierte. Im Nebenzimmer schnarchte Mrs Hudson, und durch das offene Fenster klangen das ohrenbetäubende Zirpen der Zickaden und das gelegentliche Gebrüll eines Löwen. Inmitten dieser Geräuschkulisse saß ich vor meinem Laptop, eine Kanne Eistee und eine große Schüssel *Mchicha*[7] neben mir, und studierte geologische und topografische[8] Karten der näheren Umgebung.

---

[7] Mchicha: afrikanischer Gemüse-Eintopf

[8] Topografische Karte: Karte der Erdoberfläche mit Bergen, Flüssen und Bewuchs

Es war nicht schwer, den einzigen Ort in der Nähe zu finden, an dem jemand Hunderte von Elefanten, Nilpferden, Nashörnern, Giraffen, Gorillas und mehr verstecken konnte. Auch wenn Baboon und seine Freunde es ausgesprochen clever angestellt hatten. Sonst hätte man das Versteck ja durch Satellitenaufnahmen enttarnen können. Es musste sich um ein Waldgebiet handeln, das idealerweise in der Nähe einer unterirdischen Höhle mit einem Trinkwassersee lag, in dem die Tiere bei akuter Gefahr vorübergehend untergebracht werden konnten. Doch es gab ein Problem: Giraffen, Löwen und Elefanten fand man normalerweise nicht im Wald, sondern in der Savanne. Sie würden im Wald auf Dauer nicht überleben können.

Aber ich hatte schon eine Idee, wie die Tierschützer dieses Problem gelöst haben mochten, und dabei war mir eine ungewöhnliche Faser behilflich. Ich hätte sie beinahe übersehen im Nationalpark, weil sie je nach Blickwinkel kaum zu erkennen war. Ich legte sie unters Mikroskop und untersuchte sie mithilfe von normalem und Laserlicht genauestens von allen Seiten.

Die Ergebnisse waren eindeutig, auch wenn es unglaublich schien. Jetzt wusste ich endlich, wie Baboon Meier die entführten Tiere hatte verschwinden lassen können.

Nach nur vier Stunden Schlaf war ich begierig darauf, die Sache zu Ende zu führen. Bill und Dr. Watson hatten sich beide bereit erklärt, mich auf meiner Mission zu begleiten – obgleich ich keinen Zweifel daran gelassen hatte, dass es gefährlich werden würde.

Bill wollte nach Wochen voller frustrierender Safaris endlich mal wieder ein Abenteuer erleben und wartete daher

schon früh in der Hotellobby. Außer ihm waren da nur der müde Nachtportier und ein blonder Punk in zerrissener Jeans. Sein Hoodie trug den Aufdruck »Tiere sind auch Menschen« und war voller Buttons mit Mitteilungen wie »Kein Fleisch für niemand!« und »Jäger sind Mörder«. Die randlose Brille, eine teure Uhr und die nagelneue Tasche von Bersaci, die er trug, zeigten jedoch, dass er über Geld verfügte. Bill, der Ranger, fiel aus allen Wolken, als der Punk hinter sich griff, auf eine Kiste deutete und sagte:
»Dann wollen wir mal.«
»Holmes, sind Sie das etwa?!«
»Was ein Paar Schuhe mit versteckten Erhöhungen und eine passende Verkleidung doch alles bewirken können, nicht wahr?«, erwiderte ich, während Dr. Watson seinen Kopf aus meiner Kapuze streckte, um Ranger Bill zu begrüßen. »Wollen wir hoffen, dass ich auf unseren Gegner ebenso überzeugend wirke.«

Nachdem ich unseren Geländewagen auf Peilsender untersucht hatte, brachen wir auf. Bill hatte zunächst einen verwunderten Blick auf den Inhalt meiner Kiste geworfen (ein zwanzig Meter langes Seil, zwei Macheten, ein starkes Fernglas, ein Taschenmesser, Baboons Buch und ein Fläschchen hochprozentiger Rum), doch dann zuckte er mit den Schultern und fuhr los.
Die Reifen des Jeeps wirbelten Staub in die vor Hitze flimmernde Luft, als wir über die menschen- und auch nahezu tierleere Savanne holperten.
Immer wieder prüfte ich mit dem Fernglas, ob uns jemand folgte, zu Land oder in der Luft.

»Was meinen Sie, Holmes, wird es dort Wachen geben?«, fragte Bill nervös.
»Sicher nicht viele«, entgegnete ich. »Schließlich hat Baboon sein Versteck perfekt getarnt. Aber es schadet nichts, wachsam zu sein.«
Eine halbe Stunde später erreichten wir die ersten Ausläufer des Akazienwaldes. »Was jetzt, Holmes?«, fragte Bill.
Ich rückte meine Brille zurecht.
»Jetzt versuchen wir, zum Urheber des ganzen Schlamassels zu gelangen«, sagte ich munter. »Bleiben Sie dicht hinter mir. Sonst kann ich für Ihre Sicherheit nicht garantieren.«

63 Leuten gefällt das

Blitzmerker32
9. April, 7:23
Das mit der Verkleidung versteh ich nicht …

ToughGirl
9. April, 10:33
@Sherwood: Ich find's krass, dass du Mrs Hudson in Sicherheit zurücklässt, aber Dr. Watson nicht. Ist so 'n Hamster vielleicht weniger wert als 'ne alte Tus… Assistentin?!

Ghost
9. April, 10:38
@ToughGirl: Dieser blöde Hamster hat's dir ja total angetan. Na ja, wie sagt man so schön: Harte Schale, weicher Keks. Ich glaub allmählich, das gilt für euch alle hier. Oder warum lasst ihr euch von Sherwood nach Strich und Faden verarschen? Ich kenn den Kerl. Er war damals ein Blender, und er ist es heute noch. Ich hör mir diese Lobhudelei auf den »genialen Detektiv« jedenfalls nicht mehr länger an. Macht, was ihr wollt, ich bin raus. Hab was Wichtigeres vor.
Sherwood, du weißt, was ich meine.

Tim
9. April, 11:05
@Ghost: Du solltest, ebenso wie Sherwood, mit dir ins Reine kommen. Mein Rat: Lass die Vergangenheit los! Versuche, dir selbst und auch Sherwood zu verzeihen. Was immer damals zwischen euch vorgefallen ist, du kannst es nicht mehr ändern. Ändern kannst du nur die Zukunft!

Fallen

10. April, 00:01 Uhr

Tim, wenn du glaubst, bei Ghost auf irgendetwas anderes als taube Ohren zu stoßen, dann bist du noch naiver, als ich dachte. ToughGirl, deine fehlgeleitete Tierliebe vernebelt offenbar dein Urteilsvermögen: Dr. Watson ist der draufgängerischste Hamster, den ich je das Vergnügen hatte kennenzulernen. Nicht nur benötigte ich seine Hilfe bei der Suche nach Baboon Meier: Hätte ich ihn *nicht* mitgenommen, hätte er mir das wohl nie verziehen.
Und, Ghost: Ja, ich weiß genau, was du meinst. Aber weißt du es auch? Schließlich habe ich jetzt den Diamanten – und du hast keine Chance.
Doch nun wieder zur Sache:
Mir war klar, dass jeder Schritt in den Akazienwald ein Schritt ins Verderben sein konnte. Darum prüfte ich die Umgebung mit allen Sinnen und sah immer wieder durch meine Lupe, bevor ich einen Fuß vor den anderen setzte. Wir waren erst wenige Meter gegangen, als ich stehen blieb.
»Keine Angst«, sagte ich zu Bill.
»Ich hab keine Angst«, antwortete er. Aber dann sah er es auch und wich entsetzt zurück. Ich hingegen näherte

mich dem mannshohen Spinnennetz, das uns den Weg versperrte. Bill entfuhr ein erstickter Schrei, er starrte auf die tellergroße Spinne, die sich auf dem Netz zu bewegen schien.

»Keine Sorge.« Ich sah dem Tier in seine acht Augen, dann pflückte ich es aus der Luft. »Die ist nicht echt.« Aber diese Information bekam Bill nicht mehr mit – er war ohnmächtig geworden.

Ich schnitt die Spinne von ihrem Gummifaden ab und steckte sie in die Kängurutasche meines Hoodies. Erst dann belebte ich den Ranger wieder, indem ich ihm etwas Rum einflößte. Langsam kam er zu sich.

»Reine Abschreckung«, sagte ich. »Im Moment versuchen sie uns nur zu vertreiben. Wir sollten erst anfangen, uns Sorgen zu machen, wenn sie uns nicht mehr mit Riesenspinnen erschrecken. – Oder mit Riesenschlangen.« Ich zog an einem transparenten[9] Faden, der für einen unaufmerksamen Beobachter unsichtbar gewesen wäre, und fing die lebensechte Riesenpython auf, die daraufhin aus der Baumkrone über uns fiel.

Nachdem ich Bill auch den Rest des Rums verabreicht hatte, konnten wir wieder aufbrechen. Bill setzte nur zögernd einen Schritt vor den anderen, aber ich fühlte mich frisch und beschwingt. Endlich wurden meine außergewöhnlichen Fähigkeiten herausgefordert!

»Ein komischer Wald ist das«, murmelte Bill kurze Zeit später. »Wo kommen denn die Bäume alle her?« Er zeigte auf einen großen Stapel gefällter Akazien, von denen wir

---

[9] Transparent: durchsichtig

inzwischen schon einige gesehen hatten – ohne dass der dichte Wald Lücken aufgewiesen hätte.
»Gut beobachtet«, sagte ich. »Aber haben Sie auch die Schleifspuren bemerkt?«
Bill kratzte sich am Kopf. »Jetzt, wo Sie's sagen: Scheint so, als wären die Bäume alle woanders gefällt worden, bevor man sie hierher geschafft hat. Was für ein Riesenaufwand!«
»Ganz recht«, sagte ich, und auch Dr. Watson, der es sich auf meiner Schulter bequem gemacht hatte, blinzelte anerkennend. »Und woher stammen die Bäume?«
Bill sah sich um. »Tja, wie's aussieht, hat man sie alle aus derselben Richtung hergebracht.« Er sah mich erstaunt an. »Die Richtung, in die wir gehen.«
Ich packte meine Machete fester. »So ist es. Und wenn ich richtig liege, wird sich dieses Rätsel bald von selbst lösen.«

82 Leuten gefällt das

3:16 Uhr

Immer mehr gefällte Baumstämme versperrten uns den Weg, bis wir kaum noch vorankamen. Jetzt konnte es nicht mehr lange dauern.
Trotzdem ging ich nicht schneller. Mit meiner Lupe untersuchte ich jeden Meter unseres Wegs, und endlich wurde ich fündig. An einer Liane hatten sich zwei Fasern aus demselben Hightech-Material verfangen, das ich am Tag zuvor gefunden hatte. Wir waren auf dem richtigen Weg.

Ich tat einen Schritt, blieb dann aber abrupt stehen. Als Bill zu mir aufgeschlossen hatte und das Schild an dem Baum vor uns sah, lachte er.

»Halten Sie die Natur sauber!«, stand darauf, und daneben: »Für Mülltüte bitte Knopf drücken.«

Schon streckte Bill die Hand aus, doch ich rief: »Nicht! Das ist eine Falle!«

Ich hockte mich auf den Boden. »Direkt vor uns befindet sich eine Fallgrube, und der Druck auf den Knopf lässt die Äste, die sie vor unseren Blicken verbergen, wegklappen.«

»Woran sehen Sie das denn bloß?« Bill starrte auf den Boden, aber trotzdem entging ihm das Offensichtliche.

»Nun, die Blätter über der Grube sind nicht ganz so frisch wie die ringsum«, sagte ich. Ich beugte mich vor, bis mein Gesicht ganz nah über den Tarnästen war. »Darüber hinaus ist die Luft hier über der Fallgrube kälter. Und nicht zuletzt: Wann haben Sie je im Wald einen Mülltütenspender gesehen?«

»Verdammt, Sie haben recht!«, rief Bill verblüfft.

Wir umrundeten die Falle und gingen weiter. Eine halbe Stunde später wurde der Wald lichter, und kurz darauf trat ich zwischen den letzten Bäumen hindurch. »Kommen Sie, Bill, und sehen Sie sich das an.«

Eine Weile standen wir schweigend da und ließen den erstaunlichen Anblick auf uns wirken.

Vor uns lag offene Savanne, so weit das Auge reichte. In beträchtlicher Entfernung sahen wir eine Herde Elefanten ziehen, durchs hüfthohe gelbe Gras huschten Erdmännchen, und über uns zog ein Schlangenadler seine Kreise.

»Aber … das ist unmöglich!«, rief Bill aus. »Hier gibt es

keine Savanne! Ich kenne die Karten genau: Das hier ist alles Akazienwald!«

»Trauen Sie nicht dem, was Sie glauben zu wissen, sondern zuerst einmal dem, was Sie sehen«, sagte ich. »So wie es uns Dr. Watson vormacht.«

Der kluge Hamster hatte sich auf meiner Schulter auf die Hinterbeine gestellt und blickte mit seinen Knopfaugen zum Himmel.

Bill beschattete seine Augen mit einem Arm und sah nach oben. Dann ließ er den Arm sinken. »Also, ich sehe nichts.«

»Und warum haben Sie den Arm heruntergenommen?«, half ich ihm auf die Sprünge.

»Wie meinen Sie …? Oh!«

»Ganz recht. Sie haben den Arm sinken lassen, weil Sie in die Sonne blicken können, ohne Ihre Augen zu schützen. Die Sonne scheint hier nicht ganz so hell, wie wir es gewohnt sind.«

»Aber warum …?!«

Ich reichte dem Ranger mein Fernglas.

»Was ist das denn?!«, rief er. »Sieht aus wie ein Netz, das … ja, das die gesamte Savanne überspannt. Aber wie ist das möglich? Warum können wir es kaum erkennen? Und was soll das alles?!«

»Berechtigte Fragen. Dass wir das Netz nur schemenhaft sehen, liegt an den besonderen Reflexionseigenschaften des Materials.« Ich nahm die Brille ab und putzte sie mit einem Zipfel meines Tierschützer-Hoodies. »Stellen Sie sich dieses Netz vor wie die Spiegel, die man in Verhörräumen verwendet: Die Polizisten können in den Raum hineinschauen, aber der Verhörte sieht von seiner Seite aus nur einen Spiegel. Auch dieses Netz hat zwei Seiten. Von hier unten betrachtet, ist es nahezu unsichtbar. Es hat für uns nur den Effekt, dass es nicht ganz so hell ist, wie wenn die Sonne ungehindert scheinen würde. Doch wie mag die Sache von oben aussehen?« Ich blickte Bill fragend an.

»Wie meinen Sie das, Holmes? Wer würde denn von oben da drauf gucken wollen?«

Ich lächelte. »Ja, wer? Oder sollten wir lieber fragen: was?«

»Da oben gibt's doch nichts«, dachte er laut nach, »nur … Satelliten!«, rief er dann. »Ist es das, Holmes? Ist dieses Netz dazu da …«

»… den Satelliten vorzugaukeln, hier sei ein undurchdringlicher Wald? Ja«, bestätigte ich.

»Wow!«, sagte Bill, und ich war geneigt, ihm zuzustimmen. Dies war das größte und erstaunlichste Versteck, das jemals in unserer nahezu lückenlos überwachten Welt eingerichtet worden war. Und wenn mich nicht alles täuschte, würden wir demjenigen, der dafür verantwortlich war, bald gegenüberstehen.

Sobald wir dem Nashorn entkommen waren, das in diesem Augenblick wutschnaubend auf uns zu rannte und den Boden unter unseren Füßen zum Beben brachte.

111 Leuten gefällt das

Blitzmerker32
10. April, 6:29
So ’n Netz wär total praktisch für mein Zimmer. Meine Mutter könnte die Unordnung dann nicht mehr sehen, und ich müsste nie mehr aufräumen! Obwohl: Über einen Wald in meinem Zimmer würde sie sich schon wundern …

Ghost
10. April, 6:32
Spiel ruhig weiter den Superhelden, Sherwood. Ich bin dir näher, als du glaubst …

Bear
10. April, 7:54
Ha, jetzt bin ich aber mal gespannt, wie Sie einem rasenden Nashorn entkommen wollen, Holmes! Ihre haarsträubenden Theorien über das Verhalten von wilden Tieren werden Ihnen da nicht weiterhelfen.

Superfan
10. April, 8:59
@Bear + Ghost: Klappe!
@Sherwood: Meine Fingernägel sind schon völlig abgekaut. Weiter, Mann!

ToughGirl
10. April, 9:58
Okay, ich geb zu, das ist jetzt echt spannend. Ich schließe mich Superfan an: Weiter, Sherwood!

Tim
10. April, 14:09
@ToughGirl: Siehst du, es ist gar nicht so schwer, mal etwas zuzugeben. Und da du den Anfang gemacht hast, gebe ich jetzt auch etwas zu: Es liegt vermutlich irgendwo in meiner schwierigen Kindheit begründet, aber ... irgendwie mag ich dich.

Wilde Tiere

11. April, 1:44 Uhr

Es freut mich, dass ich mit meinem Bericht letztendlich doch zu euch durchgedrungen bin. Darum direkt weiter:

Natürlich wusste Ranger Bill ebenso gut wie ich, dass es – wenn ein Nashorn vor einem auftaucht – nur eine Möglichkeit gibt, unbehelligt zu bleiben: völlige Regungslosigkeit. Denn Nashörner können ausgesprochen schlecht sehen. Sie nehmen nur bewegte Objekte gut wahr.

Wir standen also da wie Figuren aus Madame Tussauds Wachsfigurenkabinett, und nicht einmal Dr. Watsons Schnurrhaare vibrierten, als das Nashorn wenige Meter vor uns stehen blieb. Es wandte sich schnaubend nach links, dann nach rechts, bevor es so nah an uns vorbeiraste, dass Bills Hemd flatterte.

Während er sich von dem Schock erholte, untersuchte ich den Waldrand mithilfe meines Fernglases. Einige Kilometer entfernt konnte ich auf der anderen Seite der dicht bevölkerten Savanne ein Lichtflimmern entdecken. Offenbar gab es dort etwas, das Licht reflektierte. Sicher kein natürliches Phänomen.

»Bill, Sie sind der Ranger«, sagte ich und zeigte in Richtung des Flimmerns. »Was meinen Sie: Können wir über die offene Savanne dorthin gelangen, ohne uns allzu großer Gefahr auszusetzen?« Ich reichte ihm das Fernglas.

»Tja, schätze, das wäre schon möglich. Die Tageszeit ist günstig, was die Löwen betrifft. Den Elefanten können wir weiträumig ausweichen, und das sollten wir auch mit den erstaunlich vielen Nashörnern tun, die es hier gibt.« Er ließ das Fernglas sinken. »Aber warum sollen wir das riskieren, wo der Weg am Waldrand doch viel sicherer ist? Ich meine, nach dem, was Sie mir erzählt haben, wird dieser Baboon Meier uns ja vermutlich nicht gerade mit offenen Armen empfangen. Und wenn wir über die Savanne gehen, kann er uns schon von Weitem sehen.«

»Da haben Sie absolut recht, Bill. Und eben deshalb nehmen wir den direkten Weg.« Ich trat in die offene Savanne hinaus. Bills Proteste waren kaum verklungen, als wir eine Staubwolke sahen. Kurz darauf hörten wir das Knattern von Motoren.

»Verdammt!«, rief Bill, »ich hab's Ihnen doch gesagt, Holmes!«

»Das haben Sie.«

»Aber was machen wir denn jetzt?!«

Ich blieb stehen. »Wir warten – auf unsere Mitfahrgelegenheit.«

»Aber … da soll mich doch … Sie sind verrückt, Holmes!«

»Verrückt wäre es, kilometerweit durch eine offene Savanne voller Nashörner zu spazieren«, sagte ich. »Hören Sie zu. Ich werde Ihnen und Dr. Watson meinen Plan erläutern.«

»Tolle Mitfahrgelegenheit, Holmes«, zischte Bill wenig später mit zusammengebissenen Zähnen. Wir lagen, an Händen und Füßen gefesselt, auf der Ladefläche des Geländewagens,

bewacht von einem grimmig dreinblickenden Mann im Tarnanzug, der sein Maschinengewehr auf uns richtete.
»Schnauze!«, knurrte er, und auch wenn ich es anders ausgedrückt hätte, stimmte ich ihm doch zu. Immerhin war es mir zu verdanken, dass wir noch lebten. Ich hatte es mit meiner Verkleidung und den teuren Accessoires[10] geschafft, Baboons Beschützer davon zu überzeugen, dass ich einer der tierverrückten Geldgeber seines Chefs war. Trotzdem blieben wir weiter gefesselt, was mich bedauerlicherweise daran hinderte, an mein Fernglas zu gelangen. So konnte ich nicht kontrollieren, ob wir verfolgt wurden.
Als wir den Waldrand erreichten, stieß der Mann uns aus dem Wagen. Dr. Watson ließ sich zu Boden fallen und verschwand aus meinem Blickfeld. Ich hatte keinen Zweifel, dass der kluge Nager seine Aufgabe meistern würde – auch wenn es mich beunruhigte, keins der sonst allgegenwärtigen Nashörner in der Nähe zu entdecken.
Mit immer noch gefesselten Händen stolperten der Ranger und ich vorwärts, zwischen den Bäumen hindurch bis zu einer kleinen Lichtung. Dort stand ein aufblasbares Armeezelt. Unser Bewacher rief: »Ich hab sie, Sir!«
Die Tür ging auf. Baboon Meier lächelte selbstgefällig, doch sein Lächeln verschwand, als er mich sah.
»Wer zum Teufel sind Sie?«, rief er.
Man hätte uns für Zwillinge halten können. Beide trugen wir Jeans, einen Hoodie mit Tierschützerbuttons und eine teure Brille. Baboons Haare waren allerdings dunkelbraun, nicht blond wie meine Perücke.

---

[10] Accessoires: Zubehör, Beigaben

»Ebenezer Harrison, mein Name. Ich bin überglücklich, Sie endlich kennenzulernen!«, rief ich so begeistert, dass Ranger Bill die Stirn runzelte. »Sie sind mein Idol, mein Vorbild! Alle anderen reden nur, aber Sie, Sie tun etwas! Und ich möchte Ihnen dabei helfen, mit meinem gesamten Vermögen!«
Bevor mich die Wache zurückhalten konnte, war ich bei Baboon und unternahm den Versuch, ihm mit gefesselten Händen die Hand zu schütteln.
Er lächelte geschmeichelt, ließ den Wächter meine Fesseln lösen und schickte den Mann dann fort. Baboon lud mich in sein Zelt ein, doch ich konnte ihn überzeugen, unsere Besprechung an den Waldrand zu verlegen, wo wir freien Blick auf die Savanne hatten. Da ich auf dem Weg hierher stets alles im Blick gehabt hatte, wusste ich, dass es keine weiteren Wachen gab. Baboon, Bill und ich waren allein.
»Großartig, was Sie hier geschaffen haben«, sagte ich. »Und sehr kostenintensiv.«
Baboon nickte. »Sie sagen es. Auch wenn wir zahlreiche einflussreiche Unterstützer haben, können wir doch immer noch weitere brauchen. Darf ich fragen, was Sie uns anbieten können?«
»Einen Ausweg«, sagte ich und nahm meine Perücke ab.
Blitzschnell zog Baboon eine Pistole. »Keine Bewegung!«, rief er. Dann kniff er die Augen zusammen, kam näher – und ließ die Pistole sinken. Wie ich vermutet hatte, waren seine Geldgeber durch meine Nachforschungen längst alarmiert und hatten ihm offenbar auch eins der seltenen Fotos von mir zukommen lassen. »Holmes? Sherwood Holmes?«
»Eben der.«

»Was wollen Sie denn hier?« Er steckte die Pistole in seinen Hosenbund.
»Ich habe einen Vorschlag für Sie.« Ich setzte mich auf einen Baumstamm, und nach kurzem Zögern setzte Baboon sich neben mich. Ranger Bill verschwand unauffällig, mein Fernglas in der Hand.
»Baboon, Sie haben etwas geschafft, was wohl kaum jemand für möglich gehalten hätte: Sie haben einen Großteil der bedrohten Megafauna an einen sicheren Ort gebracht. Eine nahezu unglaubliche Leistung.«
Baboon lächelte verlegen. »Ich hatte Hilfe.«
»Ich weiß. Viele einflussreiche Menschen stehen hinter Ihnen, ebenso zahlreiche Zoomitarbeiter und Wildpark-Ranger.« Ich sah ihn ernst an. »Aber Sie haben auch einen gefährlichen Gegner: Möhren-Arty, den genialsten Verbrecher unseres Planeten.«
Baboon nickte ernst. »Ich habe mir schon gedacht, dass er dahinter steckt. Wer sonst verfügt schon über die notwendigen Mittel, um Tiere aus großen, gut gesicherten Zoos zu entführen? Dass seine Verbindungen allerdings so weit reichen, dass er Zugang zu geheimer Militärtechnologie bekommen hat …« Er raufte sich die Haare. »Und wir haben ihn überhaupt erst auf die Idee gebracht! Das werde ich mir nie verzeihen.«
»Selbstvorwürfe sind überflüssig«, ermahnte ich ihn.
»Und sie beeinträchtigen das Denkvermögen, was in unserer Situation fatal wäre. Denn Möhren-Arty ist in diesem Moment auf dem Weg hierher.«
Baboon sprang auf. »Haben Sie ihn etwa hergeführt, Holmes?«
»Er hätte Sie in jedem Fall aufgespürt«, erwiderte ich. »So

viele große Tiere an einem Ort – da kann er natürlich nicht widerstehen. Ich habe nur dafür gesorgt, dass er Sie zu einem Zeitpunkt findet, an dem wir vorbereitet sind.« Ich stand auf. »Wie ich ihn kenne, wird er versuchen, so viel Profit wie möglich zu erzielen. Ich denke, er wird jedes einzelne Tier, das Sie hier in Sicherheit gebracht haben, an den Meistbietenden verkaufen. Und das wird im Zweifel kein Zoo sein, der das Tier schützt, sondern ein Großwildjäger, der begierig auf eine Trophäe ist.«

»Verdammt!«, rief Baboon, und dann: »Soll er nur kommen! Ich bin bewaffnet und zu allem entschlossen!«

Ich schüttelte den Kopf. »Ich kenne den Mann. Das wird ihn nicht aufhalten. Es war ein Fehler von Ihnen, alle Tiere an einem einzigen Ort zusammenzuführen, meinen Sie nicht?«

»Ja, ja!«, rief Baboon und sah sich hektisch um. »Im Nachhinein betrachtet, war es ein Fehler! Aber all die Tiere, die Sie hier sehen, haben unter erbärmlichen Bedingungen in Zoos gelebt oder waren in schlecht bewachten Parks von Wilderern bedroht. Jemand musste endlich handeln! Und wer hätte denn damit rechnen können …«

»Ich«, hätte ich sagen können, aber das verkniff ich mir, denn nur etwa hundert Meter entfernt von uns bewegten sich plötzlich die Blätter einer Akazie.

»Er wird jeden Moment hier sein«, sagte ich. »Ich mache Ihnen folgenden Vorschlag: Sie behalten einige der Tiere und bringen sie an einem neuen geheimen Ort in Sicherheit. Die übrigen jedoch geben Sie zurück an die Zoos und Nationalparks, aus denen Sie sie … geholt haben. Die Zoos verpflichten sich im Gegenzug, sich um jedes einzelne Tier in Zukunft so gut zu kümmern, als wäre es das letzte seiner Art.« Baboon zögerte noch, und so zog ich das Schreiben aus meiner Hosentasche, das Mr Green mir vor meiner Reise ausgestellt hatte. »Dieses Dokument des Direktors der ZOWW bestätigt, dass die ärmeren Zoos mit ausreichenden Mitteln ausgestattet werden, damit sie diese Aufgabe auch erfüllen können. Außerdem werden alle Zoos in Zukunft noch mehr dafür tun, dass die Tiere in ihrem natürlichen Lebensraum überleben können. Sie werden darüber hinaus Stillschweigen über die ganze Sache bewahren und keine rechtlichen Schritte gegen Sie oder einen Ihrer Helfer einleiten.« Ich sah Baboon eindringlich an. »Sie wissen doch, dass die Tiere hier nicht sicher sind. Und vielleicht können Sie Ihre Geldgeber überzeugen, dass sie die Zoos und Wildparks bei ihren Bemühungen finanziell unterstützen?«

Baboon fuhr sich durch die braunen Stoppelhaare. »Na gut. Einverstanden, Holmes. Wenn die Tiere besser geschützt und behandelt werden, habe ich ja erreicht, was ich wollte.« Er drehte sich um und rief nach seiner Wache.

Es überraschte mich nicht, dass der Mann nicht kam. Stattdessen hörten wir ein feuchtes Knacken, dann trat Möhren-Arty mit angebissener Möhre und gezücktem Revolver aus dem Wald.

»Hände hoch!« Er grinste böse. »So sieht man sich wieder, Sherwood.«

87 Leuten gefällt das

MrsHudson
11. April, 7:12
Sherwood, es ist so weit. Möhren-Arty ist heute mit der Sechs-Uhr-Maschine nach Kanada geflogen. Inspector Lestreet hat seinen Kollegen von der Polizeistation in dem kleinen Ort in deiner Nähe gebeten, dich in Sicherheit zu bringen. Dieser Joe sieht die Dringlichkeit dieses Anliegens zwar nicht ein (offenbar hat er eine kranke Mutter zu Hause, die ihn Tag und Nacht auf Trab hält), aber er hat versprochen, bei Sonnenuntergang bei dir zu sein, also gegen 20 Uhr. Bitte mach keinen Aufstand, sondern geh mit ihm. Und nimm deinen Schal mit.

PS: Deirdre lässt dich grüßen. Sie meint, diese neue Maske sei die beste, die sie jemals hergestellt hat. Ich denke, Möhren-Arty wird dich in dieser Verkleidung nie und nimmer erkennen.

Superfan
11. April, 8:02
Mrs Hudson! Sie bringen Sherwood in höchste Gefahr!

ToughGirl
11. April, 9:14
@Tim: Du meinst also, man kann mich nur mögen, wenn man komplett verkorkst ist?! Na, vielen Dank auch! Ich hatte auch 'ne schwere Kindheit, aber darum kann ich dich noch lange nicht leiden, du Blödmann!

Der Blog des geheimnisvollen

SHERWOOD HOLMES

Funkstille

Superfan
12. April, 12:42 Uhr
Was ist los, Mann? Gib doch mal ein Lebenszeichen von dir, okay? Wir machen uns allmählich Sorgen!

ErnsthaftBesorgt
12. April, 14:00
Ich bin ernsthaft besorgt.

Tim
12. April, 17:02
@Sherwood: Du, wenn dein Feind aus Kindertagen dich tatsächlich finden sollte, ist das vielleicht endlich die Gelegenheit, dass ihr euch mal aussprecht. Wenn du mit offenen Armen auf Möhren-Arty zugehst, wird er dich sicher nicht abweisen. Denn jeder Mensch will im Grunde doch nur eins: geliebt werden. Auch und gerade ein Verbrecher.
@ToughGirl: So hab ich das nicht gemeint. Ich wollte nur sagen … Ach, egal. Also, ich glaube, dass tief in dir eine liebenswerte Person steckt. Dass du dich so für Dr. Watson einsetzt, finde ich zum Beispiel ganz toll.

Superfan
13. April, 9:12 Uhr
@Sherwood: Meld dich endlich!
@MrsHudson: Haben Sie vielleicht was von ihm gehört?

ToughGirl
13. April, 11:38
@Tim: In mir steckt eine liebenswerte Person?! Sag das noch mal, und ich brech dir die Nase! ;-) Scherz. Entschuldigung angenommen. Ganz so übel, wie ich am Anfang dachte, bist du eigentlich gar nicht. @Sherwood: Ist das jetzt ein Trick, damit wir es vor Spannung nicht mehr aushalten, oder ist dir echt etwas passiert? @Blitzmerker, Ghost, Bear: Und wo steckt *ihr* eigentlich?

Bear
14. April, 8:12
Ich würde es zwar bedauern, aber es würde mich nicht im Mindesten wundern, wenn Holmes diesmal durch seine eigene Überheblichkeit zu Fall gebracht worden wäre.

Superfan
14. April, 21:43 Uhr
@alle: Wir müssen was tun. Wer ist dabei? Und wer hat eine Idee?

Tim
14. April, 22:04
Ich bin dabei, hab aber noch keine Idee.
ToughGirl
14. April, 22:24
Ich auch. Sobald ich vom Ballettunterricht zurück bin, lass ich mir was einfallen.
Tim
14. April, 22:26
Ballettunterricht???
ToughGirl
14. April, 22:28
Scherz.

Der Blog des geheimnisvollen

SHERWOOD HOLMES

Die Nase des Nashorns

15. April, 0:09 Uhr

Ich bin gerührt, dass ihr so besorgt um mich seid. Tatsächlich war ich damit beschäftigt, Möhren-Arty hinter Gitter zu bringen. Zwar hatte ich den Bananendiamanten seinem Besitzer zurückgeben können, aber solange ich ihm nicht den Dieb inklusive eines vollen Geständnisses brachte, war er immer noch wild entschlossen, einen verheerenden Krieg vom Zaun zu brechen. Und da Möhren-Arty beinahe ebenso genial ist wie ich, war das eine Aufgabe, die meine gesamte Aufmerksamkeit, diverse Täuschungsmanöver und nicht zuletzt den Einsatz von Stöckelschuhen erforderte. Doch all das ist ja nun Geschichte, darum weiter mit dem Fall der entführten Megafauna:

Möhren-Arty hielt seine Pistole auf Baboon und mich gerichtet.

»Wie hast du mich gefunden?«, fragte ich, aber Möhren-Arty wedelte nur ungeduldig mit seiner angebissenen Möhre.

»Du solltest mich besser kennen, Sherwood«, sagte er. »Ich bin keiner von diesen Film-Gangstern, die ihre Gegner mit ausführlichen Erklärungen langweilen, damit die Retter genug Zeit haben, einzugreifen.« Er lächelte hämisch, als er sah, dass Baboon mit zusammengekniffenen Augen den Wald hinter ihm musterte. »Tut mir leid, Sie zu enttäuschen, aber Ihre Wache liegt gefesselt im Zelt, gleich neben dem Ranger. – Ach ja, Ihre Waffe. Nehmen Sie sie ganz langsam heraus, und werfen Sie sie in meine Richtung.«

Er musste Bill überrascht haben, der Dr. Watson durch das Fernglas beobachtet hatte. Das war bedauerlich, aber nicht zu ändern. Jetzt waren wir auf uns allein gestellt.

Möhren-Arty warf Baboon ein Seil zu. »Fesseln Sie Holmes!«

Ich musste schnell reagieren, und das tat ich. Ich zog die Gummispinne aus der Kängurutasche meines Hoodies, warf sie Möhren-Arty ins Gesicht und lief in die offene Savanne hinaus.

Möhren-Arty schrie auf, aber er fing sich schnell wieder. »Stehen bleiben!« Er schoss, Baboon schrie, ich lief einfach weiter.

»Der nächste Schuss ist kein Warnschuss mehr!«, brüllte Möhren-Arty. Ich blieb stehen. Kurz darauf waren Möhren-Arty und Baboon, den er vor sich her trieb, bei mir angekommen. Möhren-Arty baute sich vor mir auf, während Baboon mich zu fesseln begann.

»Und was hast du jetzt vor?«, fragte ich. »Willst du all diese Tiere tatsächlich an Großwildjäger verkaufen? Damit verdammst du sie zum Aussterben, das ist dir doch bewusst?«

Möhren-Arty grinste. »Du versuchst doch nicht ernsthaft, mir ein schlechtes Gewissen einzureden? Ich verkaufe einfach an den, der am meisten bietet. So wie jeder andere auch. – Beeilung, Baboon!«

Jetzt konnte ich fernes Getrappel hören. Mein Blick blieb auf Möhren-Artys Gesicht gerichtet, als ich laut sagte: »Wenn die Zoos dir also genug bieten, erhalten sie ihre Tiere zurück?«

Jetzt lachte Möhren-Arty laut. »Den Zoo möchte ich sehen, der so viel bieten kann wie ein schießwütiger Multimillionär!«

»Von Ihnen aus nach links, schnell!«, zischte ich in Baboons Richtung. Er ließ das Seil fallen und sprang zur einen Seite, während ich zur anderen hechtete. In der Mitte stand nur noch Möhren-Arty, und das war genau die Stelle, auf die nun ein wütendes Nashorn zusteuerte. Es raste vorwärts, weil es direkt vor seinen kurzsichtigen Augen einen Hamster sah, den es unbedingt loswerden wollte. Aber Dr. Watson klammerte sich an das Horn des Nashorns, als hinge sein Leben davon ab. Und das tat es ja auch. Ebenso wie die unseren.

Möhren-Arty konnte sich nicht schnell genug umdrehen, um zu sehen, was ihn kurz darauf traf wie ein Güterzug.

Das Nashorn rannte weiter. Als es Baboon und mich passierte, ließ Dr. Watson das Horn los. Ich fing ihn auf.

»Darf ich vorstellen«, sagte ich zu Baboon, »das ist Dr. Watson, der klügste Hamster der Welt.«

»A… angenehm«, stotterte Baboon. Dr. Watson winkte ihm zu.

Dann verschnürten wir Möhren-Arty zu einem handlichen Paket – er lag mit Kratzern und einer blutenden Wunde am Bein am Boden –, befreiten Baboons Wache und Ranger Bill und machten uns mit dem Jeep auf den Weg zur nächsten Polizeistation.

Im Laufe der nächsten Wochen kannten die Medien nur ein Thema: die Rückkehr der entführten Großtiere. Alle Beteiligten bewahrten Stillschweigen, aber in den Medien wurde haltlos spekuliert. Nur ein einziger Journalist vermutete eine weltweite Verschwörung von Tierschützern – aber im Gegensatz zu den Anhängern der anderen Theorien (»Entführung durch Aliens« war noch eine der glaubwürdigeren) erntete er nur Spott.

So, das war der Fall der entführten Megafauna, bei dem ich Möhren-Arty ebenso besiegen konnte wie bei meinem Abenteuer in Kanada vor wenigen Tagen. Er sitzt nun hinter Schloss und Riegel, da wollen wir ihm nicht mehr Aufmerksamkeit schenken, als er verdient hat. Obwohl: Vielleicht interessiert es euch noch, dass er in diesem Blog nicht nur als Ghost aktiv war, sondern auch als Blitzmerker32. Aber das habt ihr ja möglicherweise schon selbst herausgefunden. Es war schließlich mehr als offensichtlich, dass Blitzmerker32 Informationen aus mir herauskitzeln wollte. Und dass sowohl er als auch Ghost (der erst auftauchte, als ich Möhren-Arty offen verhöhnte) häufig das Wort »total« verwendeten, ist zumindest dir, Superfan, sicherlich nicht entgangen. Darum verrate ich dir noch etwas, um deine kleinen grauen Zellen anzuregen: Auch ich war als Kommentator nicht untätig.

121 Leuten gefällt das

ToughGirl
15. April, 9:12
Mann, Sherwood, ich hab dich echt unterschätzt. Du bist zwar wahnsinnig eingebildet, aber trotzdem der Knaller! Und witzig kannst du auch sein – ich nehm doch mal an, du steckst hinter ErnsthaftBesorgt, oder? Wie auch immer, du bist uns noch einige Antworten schuldig. Was ist zum Beispiel mit den ganzen Tieren passiert, die Baboon in Sicherheit bringen wollte? Hat er sie gut versteckt? Und die Tiere, die wieder zurück in den Zoos sind, geht es denen jetzt besser?

Superfan
@Sherwood: Klasse, Alter! Und der Comic ist auch fast fertig. Besonders hübsch ist Dr. Watsons Ritt auf dem Horn des Nashorns geworden.
Aber jetzt erzähl endlich, was aus den Tieren geworden ist. Und hast du irgendwas für deine tolle Arbeit bekommen? Und dann will ich unbedingt noch wissen, was in Kanada passiert ist!
@ToughGirl: Ich tippe eher, dass Sherwood Bear ist.

Der Blog des geheimnisvollen

SHERWOOD HOLMES

16. April, 1:54 Uhr

Im Gefängnis

Ich vergesse manchmal, dass ich es hier bedauerlicherweise mit logischen Laien zu tun habe. Schließlich liegen die Antworten auf eure Fragen dazu, was nach den Ereignissen in Afrika geschehen ist, doch im Wesentlichen klar auf der Hand. Aber gut, ich sage euch, was ihr euch bei aufmerksamem Studium der Medienberichterstattung selbst beantworten könntet: In der Tat hat Baboon eine neue Heimat für die Tiere gefunden, die nicht an die Zoos zurückgegeben wurden – nicht zuletzt dank einer Anregung von mir. Dort wird niemand sie aufspüren können, obwohl es keinerlei raffinierte Tarneinrichtungen gibt. Aber mehr werde ich dazu nicht sagen.

Wie ebenfalls den Medien in den letzten Jahren zu entnehmen war, haben zahlreiche Zoos in aller Welt die Bedingungen für die Tiere in ihrer Obhut deutlich verbessert. Immer mehr Zoos reduzieren die Zahl der von ihnen gehaltenen Tierarten und bauen dafür für die verbliebenen Arten größere, artgerechtere Anlagen. Nicht jeder Zoo braucht Koboldmakis oder Leistenkrokodile, diese Erkenntnis setzt sich allmählich durch.

Das sind die guten Nachrichten. Jetzt zu den schlechten. Die erste ist, dass meine Auftraggeber mir ihre höchste Anerkennung ausgesprochen und mich auch für meine Arbeit entlohnt haben. Aber offiziell wurde meine Beteiligung in der Öffentlichkeit natürlich totgeschwiegen, wie die gesamte Angelegenheit. Nichtsdestoweniger wurde mir von einem der Eingeweihten ein Erinnerungsstück von höchster Seltenheit überlassen. Was das ist, werde ich jedoch nicht nur in seinem, sondern auch in meinem Interesse für mich behalten.

Die zweite schlechte Nachricht ist, dass Möhren-Arty bereits vor seinem Prozess die Flucht aus dem Gefängnis gelang. Er wurde dafür, dass er die Megafauna unseres Planeten beinahe ausgerottet hätte, also nicht einmal bestraft. Das werden die Gerichte hoffentlich nachholen, nun, da sie ihn dank meiner Hilfe wieder in Gewahrsam haben – falls sie ihn nicht wieder entkommen lassen …

Und nun der Vollständigkeit halber noch mein Bericht aus Kanada. Er wird nur kurz ausfallen, da ich von den Herausforderungen der vergangenen Tage, ich muss es zugeben, doch ein wenig erschöpft bin.

In das meisterhafte Kostüm meiner geschätzten Freundin Deirdre zu schlüpfen, war noch die geringste dieser Herausforderungen. Schon schwieriger war es, die kanadische Polizei davon zu überzeugen, dass sie ein Sondereinsatzkommando in eine entlegene Gegend im tiefsten Saskatchewan[11] schicken sollten, obwohl sie es nur mit einem einzigen Mann zu tun hatten. Als nicht nur schwierig, sondern

[11] Saskatchewan: eine kanadische Provinz

schlichtweg unmöglich erwies es sich, mit dem Ortspolizisten Joe seine Rolle als besorgter Sohn einzustudieren, da seine Mutter und er seit Jahren nicht mehr miteinander sprechen. Darum änderte ich kurzerhand den Plan, wie ich Möhren-Arty das Geständnis entlocken wollte, dass er den arabischen Bananendiamanten gestohlen hatte. Denn egal wie widrig die Umstände sein mochten: Ohne dieses Geständnis wäre selbst ich nicht in der Lage gewesen, den rachsüchtigen Besitzer des Diamanten zu überzeugen und einen Krieg zu verhindern.

Möhren-Arty traf wie erwartet an meinem angeblichen Domizil[12] ein, zu dem Mrs Hudson ihn gelotst hatte. Da er dort niemanden vorfand, begab er sich zu dem kleinen Holzhaus, das als Polizeiwache diente und wo er eigentlich auf Joe treffen sollte. Doch es war nur eine leicht bekleidete, aber dafür umso stärker geschminkte Frau in Stöckelschuhen da, die in der einzigen Zelle der Wache saß. Ein Zettel auf Joes klobigem Schreibtisch verkündete: »Familiärer Notfall. Bin in einer Stunde zurück.«

Möhren-Arty wandte sich an die Frau. »Kennen Sie zufällig den Polizisten Joe? Ich hatte gehofft, ihn hier zu treffen.«

»Aber sicher, Schätzchen! Der hat mich doch hopsgenommen. Er kommt bald wieder, hat er gesagt. Freund von dir?«

Möhren-Arty lachte. Die Frau zupfte an ihrem tiefen Ausschnitt. »Dein Lachen gefällt mir«, schnurrte sie. »Ich heiße übrigens Carmen. Und wer bist du Hübscher?«

Möhren-Arty starrte gebannt auf ihren Ausschnitt und erzählte ihr … natürlich einen Haufen Lügen. Aber Lügen

[12] Domizil: Zuhause, Wohnsitz

können verräterisch sein. Vor allem, wenn man sie vor dem genialstem Detektiv der Welt ausbreitet. Schnell war mir klar, dass seine Anspielungen auf die ungewöhnliche Halskette, die er »Carmen« schenken wollte, nur eins bedeuten konnten.

»Sie geben also zu, den unsagbar wertvollen Bananendiamanten gestohlen zu haben?«, hauchte die Frau verführerisch.

»Auch wenn Sie damit einen neuen Wüstenkrieg heraufbeschwören?«

»Verdammt, Sherwood!«, rief er und zog eine Pistole.

Doch dann lachte er plötzlich. »Hast du wirklich geglaubt, ich falle auf deine lächerlichen Spielchen herein?«

»Nun, immerhin bist du hier.«

»Weil du so verdammt sicher warst, dass ich dich nicht finden könnte. Und weil ich einfach nicht widerstehen konnte, dich wieder mal an der Nase herumzuführen«, höhnte er. »Aber vor allem bin ich natürlich hier, weil mich niemand ungestraft bestiehlt, ohne dafür zu büßen. Schon gar nicht du, Sherwood.« Er lachte wieder. »Ach ja: Das Sondereinsatzkommando liegt betäubt hundert Meter entfernt von hier. Und Joe wird dir auch nicht zu Hilfe kommen.«

Die Waffe weiter auf die verführerische Frau gerichtet, ging Möhren-Arty zur Tür und winkte. Ein geknickter Joe kam hereingestolpert, die Hände mit Kabelbinder verschnürt.

»Nun wieder zu dir, Sherwood«, sagte Möhren-Arty. »Leg endlich diese dämliche Verkleidung ab!«

Langsam zog die Frau die Perücke aus. Möhren-Arty blinzelte und sah genauer hin. Doch zu spät.

»Aber ich trage doch überhaupt keine Verkleidung«, sagte ich, als ich hinter dem Schreibtisch hervorschnellte und

ihm die Pistole aus der Hand schlug. »Hältst du mich wirklich für so dumm, dich zu unterschätzen?«
Im selben Moment brachen die übrigen Männer des Sondereinsatzkommandos durch die Decke, die sich auf dem Dach versteckt hatten. Zu viert schafften sie es, Möhren-Arty zu überwältigen und ihm Handschellen anzulegen. Bevor sie ihn abführten, starrte er entgeistert zu der Frau hinüber, die sich jetzt ihre schmerzenden Füße rieb.
»Sherwood, solche Schuhe werde ich nie wieder tragen«, stöhnte Mrs Hudson, »nicht einmal für dich.«
Die Polizisten verschwanden mit Möhren-Arty, während er unflätige Schimpfworte in unsere Richtung schleuderte.

Nun wisst ihr also, was in Kanada vorgefallen ist und wie ich den drohenden Wüstenkrieg, von dem in den letzten Tagen so viel berichtet wurde, im letzten Moment verhindern konnte.

PS: Eure Spekulationen über meine Blogger-Identität finde ich so amüsant, dass ich mit der Aufklärung noch eine Weile warten werde. Vielleicht verrate ich es euch, wenn ich euch demnächst den atemberaubenden Fall des Seifenkönigs schildere.

167 Leuten gefällt das

Superfan
16. April, 9:21
Seifenkönig klingt super, ich bin dabei, Alter!

Bear
16. April, 9:54
Wenn Sie von Seife ebenso wenig verstehen wie von wilden Tieren, kann das ja nur ein Desaster werden.

Tim
16. April, 10:01
Nach der Geschichte mit der verführerischen Frau vermute ich jetzt mal, dass Sherwood sich hier als MrsHudson zu Wort gemeldet hat.
@ ToughGirl: Da sieht man doch mal, wie hilfreich es sein kann, wenn man seine weibliche Seite nicht unterdrückt.

ToughGirl
16. April, 10:22
 # ! $ @ ★

286 Leuten gefällt das

Deutsche Originalausgabe

Ein Unternehmen der La Martinière Groupe

Umschlagillustration: Alexander von Knorre, Weimar
Satz: satz & repro Grieb, München
Herstellung: VerlagsService Dietmar Schmitz GmbH, Heimstetten
Druck: Moravia Books, Pohořelice
Printed in the EU

ISBN 978-3-86873-813-1

www.knesebeck-verlag.de